AMÉLIE MANSFIELD,

MÉLODRAME EN TROIS ACTES,

Par M. HUBERT,

BALLET DE M. BLACHE, MUSIQUE DE M. ADRIEN,

REPRÉSENTÉ POUR LA PREMIÈRE FOIS SUR LE THÉATRE DE L'AMBIGU-COMIQUE, LE 6 JUILLET 1825.

PARIS,

DONDEY-DUPRÉ PÈRE ET FILS, IMP.-LIB.,

Rue Saint-Louis, No 46, au Marais,

Et rue Richelieu, No 67, vis-à-vis la Bibliothèque du Roi.

1825.

PERSONNAGES.	ACTEURS.
La Baronne DE VOLDEMAR	Mme VSANNAZ.
ERNEST DE VOLDEMAR, son fils	M. DAVESNE.
AMÉLIE, veuve Mansfield, cousine d'Ernest	Mlle HALIGNIER.
GRANDSON, oncle adoptif d'Amélie	M. FRÉNOY.
ÉDOUARD DE LOWEINSTEN	M. DUBIEZ.
BLANCHE DE LUNEBOURG, nièce de la Baronne	Mlle CONSTANCE.
Mlle DE LOWEINSTEN	Mlle JAWURECK.
ADOLPHE DE REINSBERG, ami d'Ernest.	M. MELCHIOR.
GUILLAUME, intendant de la Baronne	M. RAFILE.
PHILIPPE, valet d'Ernest	M. JOLY.

PLUSIEURS FEMMES DE LA BARONNE.

PLUSIEURS DOMESTIQUES EN LIVRÉE.

DANSEURS
DANSEUSES } masqués et en dominos.

La scène se passe à Vienne, dans l'hôtel de Voldemar.

Vu au Ministère de l'Intérieur, conformément à la décision de S. Exc., en date de ce jour, à la charge des suppressions ou corrections consenties par l'auteur.

Paris, le 1er octobre 1825.

Par ordre de Son Excellence :

Le Chef du Bureau des Théâtres,

Signé COUPART.

IMPRIMERIE DE DONDEY-DUPRÉ,
Rue St-Louis, N° 46, au Marais.

AMÉLIE MANSFIELD,

MÉLODRAME EN TROIS ACTES.

ACTE PREMIER.

Le théâtre représente un vaste salon éclairé par des lustres. Une balustrade, placée à l'extrémité, en face du spectateur, la sépare d'une galerie au rez-de-chaussée dont on aperçoit la brillante illumination presque au niveau du plancher, et dans laquelle on descend par un escalier pratiqué de chaque côté du théâtre. Quelques fauteuils sont les seuls meubles qu'on ait laissés dans la pièce où se passe la scène. Des portes latérales annoncent des communications avec les autres appartemens.

SCÈNE PREMIÈRE.

GUILLAUME, PHILIPPE, *plusieurs laquais en grande livrée occupés à descendre et à remonter les lustres.*

GUILLAUME.

Allons, mes amis, dépêchons-nous. La haute société que madame la baronne doit recevoir ne tardera pas à venir. (*Revenant à Philippe qui l'examinait.*) L'illumination du jardin est-elle terminée, Philippe?

PHILIPPE, *avec un peu d'ironie.*

Oui, mon cher intendant. Madame de Voldemar s'y promène en ce moment, pour donner, comme on dit, le coup d'œil du maître.... C'est un fier maître que cette femme-là!

GUILLAUME.

Il ne manque rien dans la galerie?

PHILIPPE, *souriant avec malice.*

L'éclat des lumières y produit l'effet d'un palais enchanté.

GUILLAUME.

Cela vous fait rire, Philippe?

PHILIPPE, *sur le même ton.*

Une soirée brillante, un bal masqué, une illumination qui fait pâlir les étoiles; que de soins inutiles pour éblouir un puissant seigneur dont madame la baronne veut que son fils devienne le gendre !

GUILLAUME.

Soins inutiles, dites-vous ?

PHILIPPE.

Vous faites l'étonné ! allons, monsieur Guillaume, à quoi bon cette réserve avec moi ? Pouvez-vous ignorer que mon maître, monsieur Ernest de Voldemar, aime trop sa cousine Amélie pour y renoncer parce qu'il a plu à madame sa mère de lui choisir une épouse dans une famille égale à la sienne ?

GUILLAUME.

Tant pis, vraiment. Sa désobéissance pourrait avoir des suites funestes. Ce projet de mariage fait grand bruit dans Vienne. Chacun en jase à sa manière.

PHILIPPE.

On en dira bien d'autres si demain il est rompu.

GUILLAUME.

Que votre maître y prenne garde ! Sa mère est noble, grande en ses actions, mais fière de son autorité, et surtout implacable dans ses inimitiés.

PHILIPPE.

Monsieur Ernest a aussi le sentiment de sa propre valeur ; ce n'est plus un enfant qu'on mène à la lisière, comme la baronne a mené jusqu'à présent toute sa famille. Il a toujours pour elle un respect sans bornes ; mais,... La voici : *motus*, monsieur Guillaume.

(*La baronne entre suivie de Blanche et de deux femmes de sa suite ; elle est très-agitée et se jette dans un fauteuil.*)

SCÈNE II.

LA BARONNE, BLANCHE, GUILLAUME.

LA BARONNE, *animée.*

Guillaume, à compter de ce jour, vous n'êtes plus l'intendant de ma maison. Demain vous me rendrez vos comptes et vous quitterez cet hôtel.

(*Mouvement général de surprise.*)

GUILLAUME.

Moi, madame ! Eh ! qu'ai-je donc fait pour encourir une disgrâce si éclatante ?

LA BARONNE.

Après la conduite indigne de cette femme qui fut ma nièce, de cette Amélie qui répondit si mal à mon affection, ne vous avais-je pas ordonné de détruire le bosquet qui fut planté dans le fond de mon jardin, le jour de sa naissance, et d'anéantir autour de moi jusqu'aux moindres traces de son odieux souvenir. Depuis six mois que vous avez reçu cet ordre, pourquoi n'est-il pas exécuté ?

GUILLAUME.

Hélas, madame, j'ai cru qu'un ordre donné dans un moment de vivacité n'était pas irrévocable..... et.....

LA BARONNE.

Si vous en doutiez, il fallait revenir me consulter ; vous auriez su alors qu'il était absolu et sans appel.

BLANCHE.

Ma chère tante, permettez-moi de justifier ce bon, ce fidèle Guillaume qui, depuis quarante ans, a servi votre famille avec autant de zèle que de probité.

LA BARONNE.

Je vous en dispense. Comme je ne suis pas accoutumée à revenir sur mes résolutions, ma volonté s'accomplira. (*Aux valets.*) Qu'on me laisse !

TOUS.

Grâce ! grâce !

PHILIPPE.

Grâce pour le plus fidèle des serviteurs !

LA BARONNE.

Qu'on me laisse, vous dis-je ! (*A Guillaume.*) Allez, Guillaume, je vous renvoie de mon service ; mais vous ne serez pas abandonné tout-à-fait. Aujourd'hui, vous êtes victime de ma sévérité ; demain, vous connaîtrez mon cœur. Que votre exemple serve de leçon, et fasse désormais respecter mes ordres !

GUILLAUME, *très-ému.*

Vous serez obéie, madame : demain je quitterai cet hôtel où j'ai vu naître votre époux, votre fils, et dans lequel je croyais vous consacrer jusqu'au dernier de mes jours.... Adieu, ma chère maîtresse. (*A Blanche.*) Adieu, jeune beauté, qui savez compatir au malheur. (*Aux valets.*) Mes amis, souvenez-vous quelquefois du pauvre Guillaume.

(*Les domestiques entourent Guillaume, pressent affectueusement ses mains et l'accompagnent dehors. Il sort.*)

SCÈNE III.

LA BARONNE, BLANCHE.

BLANCHE.

Eh bien ! ma tante, vous le laissez partir ?

LA BARONNE.

Je le dois.

BLANCHE.

Comment punirez-vous l'ingratitude, si vous payez ainsi la reconnaissance ?

LA BARONNE.

Il ne vous sied pas de faire la censure de ma conduite.

BLANCHE, *un peu piquée.*

Pardon, madame, je croyais faire une action louable en défendant un homme qui n'a d'autre tort que celui de chérir et de respecter la mémoire de ma cousine.

LA BARONNE.

Je vous l'ai déjà dit, la veuve de Mansfield n'est plus de ma famille ; laissez-la dans la vile condition qu'elle s'est imposée elle-même, en épousant, à l'insu de ses parens, un être obscur et sans nom, quand elle savait que dès le berceau elle était destinée à mon fils.

BLANCHE.

Eh ! quoi, madame, tous les torts sont-ils de son côté ; Ernest n'en eut-il jamais avec elle ?

LA BARONNE.

Lui, des torts avec Amélie !

BLANCHE.

Vous savez à quels écarts il s'est livré à mesure que l'âge développait son caractère. Sa pétulance le rendit redoutable à ses propres amis, et son orgueil insupportable à ses rivaux. Dans la retraite où Amélie achevait son éducation, elle fut exactement informée de sa conduite. L'antipathie qu'avaient fait naître ses premiers rapports avec Ernest, se justifia par les récits dont on fatigua ses oreilles. Elle dut souvent frémir en pensant qu'un tel homme serait un jour son maître. Pour éviter ce malheur, elle se précipita dans un autre plus grave encore, en contractant un marige secret avec M. Mansfield ; mais, veuve depuis deux ans et chargée du poids de votre inimitié, n'a-t-elle pas payé par d'assez longues souffrances un hymen que vous avez maudit ?

LA BARONNE.

Elle n'est pas si malheureuse, puisque l'oncle du mari qu'elle a perdu lui donne un asile.

BLANCHE.

Eh ! madame, l'amitié d'un étranger peut-elle effacer de nos cœurs le souvenir de nos parens ?

LA BARONNE.

Terminons ; l'intérêt que vous lui portez me déplaît autant que la folle passion dont mon fils est épris pour elle. Il faut qu'il y renonce en faveur de la fille de madame de Löwcinsteir, s'il ne veut encourir ma juste colère et la disgrâce du souverain qui a, pour ainsi dire, ordonné ce mariage.

BLANCHE.

Ainsi, il ne reste à ma pauvre cousine aucun espoir de vous fléchir.

LABARONNE.

Elle aurait tort de s'en flatter.
(*Le valet entre, et annonce pendant la musique; Édouard arrive, et pendant qu'il salue, le valet sort.*)

SCÈNE IV.

BLANCHE, LA BARONNE, ÉDOUARD, Un Laquais.

LE LAQUAIS., *annonçant.*

Monsieur le chevalier de Loweinsten, aide-de-camp de Sa Majesté. (*Il sort.*)

ÉDOUARD.

Enfin, madame, tout succède à mes vœux. Je quitte le premier ministre, mon parent : il m'a annoncé que le monarque daignerait honorer de sa signature le contrat de mariage arrêté entre le comte de Voldemar et ma sœur. Demain, à son lever, Léopold remettra lui-même à Ernest la clé de chambellan, comme une marque de la satisfaction que lui cause l'alliance de nos deux familles.

LA BARONNE.

Je n'attendais pas moins de la bonté du prince. La protection dont il honore mon fils, et la haute faveur qu'il vous accorde à sa cour, prouvent qu'il sait apprécier le mérite de ses serviteurs.

ÉDOUARD.

Il est vrai. La fortune m'a bien servi ; mais j'userai de mon crédit avec discernement, et je n'oublierai pas mes amis.

LA BARONNE.

Une si noble façon de penser vous rend digne de tous les emplois, et mon fils se fera un plaisir de répondre à votre amitié.

ÉDOUARD.

Mais, à propos, je suis étonné de ne pas le voir. Empressé de lui faire connaître le témoignage éclatant qu'il va recevoir de l'estime de Léopold, j'étais accouru pour être le premier à lui en apprendre la nouvelle, et je suis fâché de ne pas le rencontrer près de vous.

LA BARONNE.

Il se prépare pour l'entrevue de ce soir.

ÉDOUARD, *en souriant.*

Bien vrai ?

LA BARONNE.

Vous paraissez en douter ?

ÉDOUARD.

C'est qu'on lui suppose une inclination secrète.....

LA BARONNE, *l'interrompant.*

Étourderie de jeune homme ! feu passager, qui changera d'objet devant les grâces de votre aimable sœur.

ÉDOUARD, *avec intention.*

Mais je ne pense pas que cette inclination, si elle existe, soit assez sérieuse pour nous compromettre.

LA BARONNE.

Il est même inutile de lui en parler : tout s'arrangera au gré de nos désirs, je vous en réponds.

ÉDOUARD.

Votre parole me rassure, et je l'accepte. Je ménagerai la délicatesse d'Ernest, et je veillerai même à ce que ma sœur ne soit point informée de cette circonstance. L'heure avance : l'instant de la réunion approche : je vais retrouver ma famille pour revenir avec elle jouir de tous les agrémens que nous promet cette soirée. Agréez mes hommages, mesdames ; et faites part, je vous prie, au comte de Voldemar du regret que j'éprouve de ne l'avoir point rencontré. (*Il sort.*)

SCÈNE V.

LA BARONNE, BLANCHE.

LA BARONNE.

Et mon fils hésiterait encore ! et moi-même, combattue par ma tendresse, je balancerais à lui signifier mes ordres absolus !.. Non, non, si je n'obtiens de son amour pour moi son consentement à ce mariage, j'emploierai, pour l'y contraindre, toute la puissance de l'autorité maternelle... Blanche, j'ai mandé ici M. de Reinsberg ; informez-vous s'il est arrivé, et faites-lui dire que je l'attends dans ce salon.

BLANCHE.

Il suffit, madame. (*Elle sort.*)

SCÈNE VI.

LA BARONNE, *seule.*

Reinsberg est le guide et l'ami de mon fils ; essayons si l'empire qu'il a sur lui sera plus puissant que les remontrances de sa mère..... C'est un caractère ombrageux, impatient, difficile à séduire..... n'importe : il me doit tout ; imposons-lui d'abord ; ce moyen le rendra peut-être plus facile à faire ma volonté. Le voici.

SCÈNE VII.

LA BARONNE, ADOLPHE.

LA BARONNE, *avec le ton de la supériorité.*

Approchez, Adolphe, et venez recevoir les reproches que vous méritez.

ADOLPHE.

Moi, madame?

LA BARONNE.

Depuis votre retour à Vienne, comment se fait-il que vous m'ayez oublié dans vos visites, moi, votre bienfaitrice?

ADOLPHE.

C'est un tort, j'en conviens; s'il appartenait à mon cœur, plutôt qu'aux circonstances qui l'ont fait naître, il serait sans excuse, mais....

LA BARONNE.

Passons: je vous ai confié mon fils pendant trois années pour visiter avec lui les différentes cours de l'Europe. Vous deviez diriger sa jeunesse, et guider son inexpérience : comment me l'avez-vous rendu?

ADOLPHE, *piqué, mais avec une noble fierté.*

Il était hautain, emporté, impérieux jusqu'à l'insolence; il est humain, généreux, affable avec tout le monde. A-t-il perdu quelque chose pour être devenu un homme sensible et délicat?

LA BARONNE.

Vous vous êtes séparé de lui dans le moment le plus périlleux de sa vie. Vous avez souffert qu'il prît un nom étranger pour s'introduire dans la résidence de cette femme dont je ne veux plus entendre parler. Au lieu de le désabuser promptement sur la qualité de son séducteur, ou de prévenir l'oncle qui lui donnait asile des projets de mon fils, vous avez gardé sur cette intrigue un silence impardonnable.

ADOLPHE.

Des affaires de famille m'ont retenu à Florence, quand il a quitté l'Italie pour se rendre auprès de vous. J'ignorais alors qu'au lieu de revenir directement à Vienne il avait l'intention de s'arrêter au château de Bellinzona où résidait Amélie. Il m'avait surtout caché le honteux projet de la séduire sous un nom supposé, et de l'abandonner ensuite avec éclat, pour se venger de la préférence qu'elle avait donnée à M. Mansfield. Sous le nom de Henri Semler, il obtint d'elle un sentiment qu'elle aurait refusé à Ernest de Voldemar, si elle avait pu soupçonner qu'elle était si près de lui.

LA BARONNE, *d'un ton moqueur.*

Voudriez-vous me persuader qu'elle ne l'a pas reconnu ?

ADOLPHE.

Je vais plus loin ; je soutiens qu'elle ne sait pas encore que son amant est votre fils.... Quoi qu'il en soit, au lieu de l'abandonner, comme il se l'était promis, Ernest se trouva pris dans son propre piége. Il reconnut en elle tous les charmes de la beauté, réunis aux plus brillantes qualités du cœur et de l'esprit. Le premier soin qu'il reçut d'elle fut un bienfait inestimable, puisqu'elle fut cause qu'on lui sauva la vie dans une avalanche prête à l'engloutir ; non loin du château où il venait pour la déshonorer. Le premier tribut qu'en obtint sa libératrice, fut celui de la reconnaissance. Bientôt ce sentiment dégénéra en amour, cet amour en passion violente. Le séducteur se trouva lui-même tellement séduit et subjugué, qu'il devint impossible de lui faire entendre raison.

LA BARONNE.

Il fallait m'avertir de sa conduite.

ADOLPHE.

Quand je fus informé de ces détails, il n'était plus tems d'y remédier.

LA BARONNE.

Cependant vous receviez les lettres qu'elle lui adressait sous le nom de Henri Semler.

ADOLPHE.

Je ne m'en défends pas.

LA BARONNE.

Que vous empêchait de me les remettre plutôt qu'à lui ?

ADOLPHE.

La crainte d'empirer un mal que j'espérais guérir par mes conseils.

LA BARONNE.

Vous voyez où nous a conduit votre fausse délicatesse !

ADOLPHE.

Au reste, je peux vous tranquilliser sur cette correspondance.

LA BARONNE.

Comment ?

ADOLPHE.

Depuis plus de quinze jours, je n'ai reçu aucune dépéche de Bellinzona.

LA BARONNE.

Je le sais. Les lettres et les réponses ont été interceptées. Sans les lire on les a brûlées. Une seule a dû parvenir à Amélie.

ADOLPHE.

Une seule !... qui l'a écrite ?

LA BARONNE.

C'est mon secret.... J'accepte vos excuses, à condition que vous vous joindrez à moi pour triompher de la résistance de mon fils.

ADOLPHE.

Puissent nos efforts ne pas être superflus !

LA BARONNE.

Il faut me dégager d'abord d'une espèce de consentement qu'il a arraché ce matin à ma sollicitude.

ADOLPHE, *très-surpris.*

Un consentement, dites-vous ?

LA BARONNE.

Dans un de ces emportemens auxquels il se livre avec tant d'impétuosité, je le voyais armé d'un fer homicide qu'il dirigeait contre son sein. Effrayée de ce mouvement, j'ai eu l'imprudence de lui laisser croire que ma haine pour Amélie n'était pas invincible, et de faire entrer dans son ame un rayon d'espérance.

ADOLPHE.

Ah ! madame, qu'avez-vous fait ?

LA BARONNE.

C'est une faiblesse ; mais il fallait le calmer, et surtout le décider à se présenter ce soir au cercle brillant qui va se rassembler.

ADOLPHE.

Quel avantage vous lui donnez sur vous !

LA BARONNE.

J'ai compté sur votre attachement pour lui prouver qu'une promesse arrachée à la terreur est nulle aux yeux de l'équité et de la raison.

ADOLPHE.

Quelle faible ressource pour convaincre un amant épris d'une passion aussi violente que la sienne !

LA BARONNE.

Excitez sa fierté naturelle, aiguillonnez son ambition par le brillant tableau des grandeurs qui l'attendent à la cour du prince. En lui parlant d'Amélie, chargez les couleurs sous lesquelles vous lui peindrez cette malheureuse dont l'amour le déshonore et détruit toutes les espérances de son avenir.

ADOLPHE.

Suspendez, madame, un discours qui me blesse. Moi, calomnier une femme dont l'éloge est dans toutes les bouches !... Ah ! vous êtes bien à plaindre, ou bien aveuglée dans vos ressentimens , si vous m'avez cru capable de mentir à ma conscience pour conserver votre protection!

LA BARONNE , *piquée*.

Vous me refusez le service que je réclame de votre amitié ?

ADOLPHE.

Commandez-moi des choses qui ne répugnent pas à la sévérité de mes principes, vous verrez si j'hésite à embrasser votre cause.

LA BARONNE.

Vous m'êtes qu'un ingrat indigne de mes bontés.

SCÈNE VIII.

LA BARONNE, BLANCHE, ADOLPHE.

BLANCHE , *vivement*.

Ah ! madame, daignez vous rendre auprès de votre fils : il est dans une agitation qui nous cause les plus vives inquiétudes.

LA BARONNE.

Qu'est-il donc arrivé ?

BLANCHE.

Il s'entretenait avec le comte Albert de ses craintes et de ses espérances , quand ce dernier ouvrit devant lui une lettre de Bellinzona. L'oncle d'Amélie mandait au comte que depuis quinze jours sa sœur avait quitté sa résidence sans rien dire à personne, et qu'on n'avait pu savoir la route qu'elle avait prise. A cette nouvelle, jugez de la douleur du comte et de l'effroi d'Ernest. Mille projets se sont tout-à-coup présentés à leur esprit ; et je n'ai pas voulu attendre qu'ils eussent pris une résolution pour vous prévenir d'un incident dont vous seule pouvez arrêter les conséquences.

LA BARONNE.

Toujours de nouvelles alarmes ! O mon fils, à quelles épreuves soumets-tu ma tendresse !

ADOLPHE.

Je vous suis , madame. Vous allez voir si l'amitié a sur lui plus d'empire que la voix de sa mère! (*Fausse sortie.*)

BLANCHE.

La voici. De grâce, ménagez sa douleur.

SCÈNE IX.

LA BARONNE, BLANCHE, ERNEST, ADOLPHE.

ERNEST , *d'abord concentré et s'animant par degrés.*

Eh bien ! madame, réjouissez-vous du malheur de votre

fils et de la perte d'Amélie ; grâce à l'inflexibilité de votre caractère et à vos temporisations calculées sur ma faiblesse, vous avez gagné le tems nécessaire pour consommer ma ruine. Votre nièce Amélie, ce modèle angélique de toutes les vertus, cette femme adorée a quitté le château de M. Grandson. Il ignore ce qu'elle est devenue. Cette résolution inexplicable n'est peut-être pas un mystère pour vous ; mais vous vous garderez bien de m'apprendre l'odieuse intrigue dont elle est le jouet et la victime ! Quoi qu'il en soit, je vous déclare que, fût-elle aux bornes du monde, je quitterai tout pour découvrir sa retraite, et ne plus voir des lieux où mes amis les plus chers ont conspiré contre moi.

LA BARONNE.

Arrêtez, fils ingrat ! Je déguiserais mal la joie que me cause la disparition d'Amélie : elle est trop vive pour que mon cœur la dissimule. Mais, de ce que cette femme, déjà si coupable envers sa famille, manque de reconnaissance envers un oncle qui l'a comblée de ses bienfaits, devez-vous faire peser sur moi la responsabilité de cet égarement ?

ERNEST.

Quelle que soit la cause de sa conduite, elle a un motif que j'ignore, et que j'approfondirai malgré tous les obstacles. Déjà le comte Albert donne des ordres pour son départ, et je ne tarderai pas à le suivre.

LA BARONNE, l'interrompant.

Quoi ! vous voulez partir ?

ERNEST.

Cette nuit sans délai.

ADOLPHE.

Vous ne paraîtrez pas à l'auguste assemblée que madame a réunie à votre intention ?

ERNEST.

Que m'importent le monde et le vain appareil que l'orgueil y déploie ! De tous les trésors qu'il possède, je ne voulais qu'Amélie ; Amélie seule peut désormais m'y attacher.

LA BARONNE.

Et votre mère n'est plus rien pour vous ?

ERNEST.

Ah ! pardon, pardon, madame ! la douleur m'égare. Je n'ai jamais cessé de vous honorer ; mais Amélie, cette Amélie qui fut si long-tems l'objet de vos prédilections, que ce matin encore vous me laissiez l'espoir d'obtenir, errante maintenant, invoquant peut-être le nom d'un amant qu'elle croit parjure...

LA BARONNE.

Qui vous répondra que, cédant à une séduction nouvelle, elle n'ait pas volontairement quitté le parent qui lui donnait l'hospitalité.

ERNEST.

C'est une calomnie. Tout autre que ma mère ne l'aurait pas impunément prononcée devant moi !

ADOLPHE, *avec intention.*

Ne peut-on supposer encore qu'une main cruellement officieuse ne lui ait révélé le secret de votre véritable nom, et que, dans son désespoir, elle ne soit aller cacher dans l'obscurité d'un cloître un amour dont les conséquences ont dû la frapper d'épouvante.

ERNEST.

Voilà ma crainte et la cause qui me déterminent à courir promptement sur ses traces.

ADOLPHE.

Pourquoi tant vous hâter ? son action serait nulle ; elle n'a pas le droit de disposer de sa liberté sans l'aveu de son frère ; et si rien n'est capable d'affaiblir votre amour, vous êtes sûr qu'elle vous sera rendue.

SCÈNE X.

BLANCHE, LA BARONNE, ERNEST, ADOLPHE, PHILIPPE.

PHILIPPE.

Monsieur le comte, les chevaux sont prêts.

LA BARONNE.

Où allez-vous, mon fils ?

ERNEST, *exalté.*

Je vais chercher Amélie !

LA BARONNE.

Ah ! c'en est trop. Malheur à vous, si vous sortez d'ici malgré ma défense !

ERNEST.

Eh ! que peut-il m'arriver de plus funeste que la perte dont dont je suis menacé ? (*Fausse sortie.*)

ADOLPHE, *allant à lui.*

Qu'allez-vous faire, mon ami ?

BLANCHE, *avec la même intention.*

Ernest, montrez un peu plus de déférence pour votre mère. Un tel éclat est capable de compromettre tous vos parens.

LA BARONNE.

Je ne dis plus qu'un mot. Vous m'avez promis de faire les honneurs de la fête qui va bientôt commencer, de voir et de traiter avec distinction la jeune personne qui en est l'objet. Ses grâces, sa beauté, sa vertu peuvent disputer la palme aux attraits de cette femme que vous lui préférez. Je vous somme de tenir votre parole, si vous ne voulez encourir mon indignation, et la disgrâce du souverain, qui n'attend que la conclusion de cet hymen pour vous honorer de ses faveurs. Maintenant vous êtes libre; partez, si vous l'osez... Suivez-moi, ma nièce...

(*Elle sort, Blanche la suit en faisant un geste suppliant à Ernest.*)

SCÈNE XI.

ERNEST, ADOLPHE, PHILIPPE.

PHILIPPE, *à part.*

Quelle femme!

ERNEST.

Vaines menaces!... Êtes-vous sincèrement mon ami?

ADOLPHE.

En douteriez-vous encore?

ERNEST.

Eh bien! attachez-vous à mon sort. Fuyons des lieux où je n'éprouve que des chagrins, où depuis deux mois je ne répands que des larmes.

ADOLPHE.

Quoi! vous persistez dans votre dessein?

ERNEST.

Ma résolution est aussi invariable que celle de ma mère.

ADOLPHE.

Eh bien! votre ami ne vous abandonnera pas : je le jure, et vous devez compter sur ce serment; mais promettez-moi de suivre le conseil que je vais vous donner.

ERNEST.

Quel est-il?

ADOLPHE.

Attendez l'issue de la conférence qui doit avoir lieu ce soir.

ERNEST.

Attendre!... il ne faut qu'un moment pour perdre la trace d'Amélie, pour combler mon malheur.

ADOLPHE.

Cet instant, que votre pensée saisit avidement, ne peut-i vous devenir aussi favorable qu'il vous paraît à craindre

Ecoutez-moi : ou je suis mal informé, ou l'hymen auquel on veut vous astreindre contrarie l'inclination de la personne qu'on vous destine. C'est un secret qu'il ne tient qu'à vous de connaître tout-à-l'heure. Voyez-la, profitez de la confusion qui règne ordinairement dans une assemblée nombreuse, et surtout dans un bal masqué, pour lui parler avec franchise. Si son cœur n'est plus libre, elle vous l'avouera sans crainte, parce qu'elle estime votre caractère. Alors votre cause est gagnée, votre mère n'a plus d'objection à vous opposer, et Amélie devient votre épouse.

ERNEST.

O mon ami! quel rayon d'espoir vous faites luire dans mon cœur!...

ADOLPHE.

Par l'engagement qu'elle a contracté avec vous, elle s'est ôté le droit de vous refuser la main de votre cousine, et son orgueil sera pris dans le piége qu'elle vous avait tendu.

ERNEST, *dans l'ivresse.*

Dans une heure mon sort sera donc fixé; dans une heure, je l'espère du moins, mon hymen n'éprouvera plus d'obstacles! O fortune, quelle perspective tu présentes à ce cœur enivré d'amour! et vous, ma mère, par combien de soins et de respects je vous dédommagerai des peines que vous a causées ma résistance!

SCÈNE XII.

ERNEST, BLANCHE, ADOLPHE, PHILIPPE.

BLANCHE.

Ernest, la fête commence, les parties se forment, les salons se garnissent de dominos élégans; madame de Voldemar, entourée de ses parens et de la famille pour laquelle nous la voyons déployer tant de magnificence, madame de Voldemar vous invite à vous rendre dans la galerie. Vous allez venir, n'est-ce pas? Allons, donnez-moi la main.

ERNEST.

Volontiers, Blanche; Ernest n'a rien à refuser à la messagère aimable qui sait compatir à ses peines.

BLANCHE.

O quel heureux changement! quelle joie vous anime! auriez-vous des nouvelles rassurantes de ma cousine?...

ERNEST.

Vous l'aimez cette bonne Amélie, vous appelez de tous vos vœux un mariage qui mettrait le comble à notre félicité. Eh bien, apprenez....

ADOLPHE, *l'interrompant.*

Allez, mon ami, votre mère vous attend. Déjà la foule empressée de se livrer aux plaisirs se précipite dans ce salon. (*En effet on voit des masques traverser la scène.*) Ce n'est ni le lieu, ni le moment de faire à votre cousine une confidence qui exige encore le secret. Allez rejoindre la compagnie, sachez vous ménager, avec celle qu'on vous destine, un entretien qui devient si important pour vous. S'il a le résultat que j'ose en espérer, nous serons tous heureux du bonheur que vous aurez enfin retrouvé.

BLANCHE.

Venez, madame de Voldemar est dans l'inquiétude.

ERNEST.

Nous accompagnez-vous, mon cher Adolphe?

ADOLPHE.

Volontiers.

ERNEST, *à Philippe.*

Philippe, ce que vous venez d'entendre ne change rien à mes dispositions. Si l'espoir que me donne mon ami n'est qu'une illusion trompeuse, nous partirons cette nuit ; à telle heure que ce soit, tenez-vous prêt à ce départ. (*Il sort avec Adolphe et Blanche.*)

PHILIPPE.

En attendant le voyage, allons faire un tour à l'office. (*Il sort en se croisant avec plusieurs personnages qui entrent masqués.*)

SCÈNE XIII.

(*Amélie, en domino noir et masquée, est entrée avec les autres personnages, qui n'ont fait que traverser la scène dans les deux sens opposés; elle est restée seule, et après avoir examiné s'il y a du monde, elle dit en se découvrant la figure :*)

AMÉLIE.

Plus personne. Tout se livre à la joie, et l'on ne pense guère à la douleur de la triste Amélie !... Quelle est donc la force du charme qui m'entraîne et m'a fait abandonner secrétement un oncle que je chéris, une retraite où tous les cœurs m'étaient dévoués, pour venir ici, avec tant de précautions, m'éclairer sur un malheur que je redoute plus que la mort !... Semler, m'a-t-on écrit, Henri Semler vous est infidèle et va contracter un mariage illustre sous les auspices de la famille Voldemar... Alarmée, éperdue, je pars, j'arrive à Vienne ; j'apprends qu'une fête se prépare dans cet hôtel ; toujours tremblante et pressée par ce pressentiment inconcevable qui enchaîne ma raison, je m'informe.... Semler est inconnu dans Vienne, et c'est Ernest de Voldemar qui se marie ; que m'importe Ernest de Voldemar, me dis-je à moi-même!... Mais une réflexion subite vient m'agiter!... elle bouleverse mes sens : si Ernest et Semler ne faisaient qu'un seul et même personnage!... si tel était mon malheur!... A cette idée foudroyante, l'excès de mon infortune affermit ma résolution... l'impatience de connaître mon sort me suggère les moyens de pénétrer dans cette assemblée sans être reconnue... M'y voilà, étonnée de ma propre hardiesse, mais bien décidée à pénétrer le mystère dont la pensée m'accable, et à périr si l'objet de tant d'amour et d'imprudence a violé les sermens qu'il m'a faits... On vient!... O fortune ! à quel rôle me réduit ta rigueur !... (*Elle remet son masque.*)

SCÈNE XIV.

(*Entrée d'une foule de personnes avec des masques et des dominos. Plusieurs quadrilles se forment en danse. Ce ballet, formé de manière à ne pas gêner la circulation des personnes qui ne dansent pas, sera aussi varié que peut le faire supposer la diversité des masques et l'originalité des dominos. Amélie fait le tour de la scène et finit par s'arrêter dans le fond. Bientôt ses gestes annoncent qu'elle voit arriver quelqu'un ; elle revient rapidement sur l'avant-scène, en déguisant avec effort le trouble qui l'agite. Personne ne la remarque. La danse continue ; elle veut retourner dans le fond, mais l'arrivée des personnages suspend ses pas ; elle revient à sa place.*)

SCÈNE XV.

Les Précédens, ERNEST *sans masque, donnant la main à une jeune personne dont la figure est également découverte. Plusieurs autres personnages muets. Tout le monde les salue ; ils vont se placer à l'avant-scène en face d'Amélie.*

AMÉLIE, *à part.*

C'est Semler !... Il presse la main d'une femme... c'est une rivale peut-être... O moment redoutable !...

(*On valse. Ernest a une conversation très-animée avec la jeune personne. Amélie ne perd pas un de leurs mouvemens ; son agitation est à son comble. Silence de l'orchestre. La conversation continue entre Ernest et son interlocutrice qui tourne le dos à Amélie et lui cache le visage d'Ernest, et lui dit à demi-voix et confidentiellement :*)

Eh bien, la conformité de votre situation m'arrache cet

aveu pénible... Je confie mon secret à votre loyauté : vous obtiendrez ma main ; mais je ne vous donnerai jamais un cœur qui ne m'appartient plus.

ERNEST, *oubliant, dans l'excès de sa joie, qu'on lui parle confidentiellement, s'écrie un peu haut :*

Cette confidence me rend le plus heureux des hommes !

AMÉLIE, *qui l'a entendu, à part.*

C'en est fait, je suis sacrifiée, sachons mourir !

(*La valse a repris pendant qu'elle parlait. Elle tire un carnet de son sein et écrit rapidement quelques mots. Elle ferme le carnet d'une main tremblante et mal assurée... Elle voit Ernest se disposant à sortir ; elle gagne rapidement le fond de la scène, rencontre Adolphe qui entre, lui remet le carnet en lui désignant du geste Ernest qui avance lentement et s'occupant de son interlocutrice. Elle disparaît comme un éclair.*)

SCÈNE XVI.

LES MÊMES, excepté AMÉLIE, ADOLPHE.

(*Adolphe étonné va au-devant d'Ernest, il lui remet le carnet. Ernest revient sur le devant de la scène ; son agitation est très-marquée.*)

ERNEST.

O ciel ! je reconnais ces notes ; qui vous a remis... ?

ADOLPHE.

Une femme qui m'a paru tremblante et dont la figure m'est inconnue...

ERNEST, *lit sans entendre Adolphe.*

« L'infidèle Semler ne me retrouvera plus que dans les flots » du Danube. » Grand Dieu ! c'est l'écriture d'Amélie ! (*Il s'élance hors de la salle comme un écervelé ; malgré les instances qu'on lui fait ; il dit seulement à Adolphe :*) Ah ! courons, mon ami, il est peut-être déjà trop tard pour la sauver.

(*Il est prêt à franchir le seuil, lorsque Blanche arrive. Il lui remet le carnet sans lui dire un mot ; mais avec une expression de gestes très-alarmante, et disparaît avec Adolphe. Les danses sont interrompues. Grande stupeur parmi les témoins de cette scène. On a dû voir la jeune personne, à qui parlait Ernest, s'échapper à la hâte. Blanche tremblante lit les mots tracés sur le carnet ; pendant ce tems-là madame de Voldemar entre avec Édouard ; ils sont dans une agitation extrême, et sont accompagnés de tous les personnages qui ont déjà paru.*)

SCÈNE XVII.

LA BARONNE, BLANCHE, ÉDOUARD, *et les autres personnages, excepté Ernest et Adolphe.*

LA BARONNE.

Qu'ai-je appris ? où est mon fils ?

BLANCHE, *lui présentant le carnet.*

Lisez, madame.

(*Édouard se rapproche de la Baronne et parcourt avec elle le carnet qu'elle a pris des mains de Blanche.*)

LA BARONNE, *après avoir lu.*

Courez, volez, qu'on ramène mon fils !

ÉDOUARD, *furieux.*

Quel affront pour ma sœur !

LA BARONNE.

Malheureuse mère ! que vas-tu devenir ?

(*Les hommes se dispersent par plusieurs issues pendant que la Baronne, entourée par un groupe nombreux, tombe sans connaissance dans un fauteuil.*)

ÉDOUARD, *sort en disant :*

Vengeance !

FIN DU PREMIER ACTE.

ACTE II.

Le théâtre représente un salon. Une porte au fond, deux portes latérales et un riche ameublement.

SCÈNE PREMIÈRE.

LA BARONNE, BLANCHE, Suivantes.

(*La Baronne est assise dans un fauteuil, pensive, inquiète. Blanche, non moins agitée, est debout auprès d'elle. Les Suivantes dans le fond à peu de distance du fauteuil.*)

LA BARONNE.

Quelle nuit !..... le jour qui lui succède me sera-t-il moins funeste !.... Ah ! que l'incertitude maternelle est un tourment pénible !...)

BLANCHE, *à part.*

Si cet événement pouvait assoupir sa haine, et désarmer sa rigueur !

LA BARONNE.

Aucun de mes gens n'est rentré, Blanche ? On n'a point de nouvelles de mon fils ?

BLANCHE.

Non, madame. Ah ! combien je partage les peines de votre cœur !...

LA BARONNE.

L'héritier présomptif des Voldemar, le descendant d'une famille qui donna des rois à la Saxe et à la Pologne, qui par sa naissance pouvait prétendre aux plus éminentes dignités de l'empire, tomber tout-à-coup dans ce degré d'avilissement !... m'exposer à l'inimitié des augustes personnages qui s'étaient flattés d'unir leur sang au mien. (*Elle se lève.*) Un pareil égarement, un pareil oubli de soi-même se peut-il pardonner !...

BLANCHE.

Vous l'accusez, madame ; valait-il mieux qu'il laissât périr votre nièce dans les flots, et peser sur votre tête le jugement sévère que l'opinion publique aurait prononcé sur la cause de sa mort !

BLANCHE.

On vient.... c'est M. Édouard... (*à part.*) Ah ! que je crains cette entrevue !

LA BARONNE.

Que vais-je apprendre ?.... Ah! rappelons tout mon courage !

SCÈNE II.

BLANCHE, LA BARONNE, ÉDOUARD.

ÉDOUARD, *contenant à peine sa mauvaise humeur.*

Mille pardons, madame : en me rendant de si bonne heure à votre hôtel, ce n'est pas à vous que j'avais l'intention de m'adresser ; mais, puisque l'on m'a dit que vous étiez visible, permettez-moi de vous faire connaître le motif qui m'amène..... Je viens demander à votre fils l'explication d'un événement qui cause à ma famille autant de chagrin que de surprise.

LA BARONNE.

Hélas ! que vous dirai-je, monsieur ! Vous me voyez moi-même dans les angoisses de la plus cruelle expectative. Le coup qui m'accable est aussi imprévu pour moi, qu'il vous paraît extraordinaire.

ÉDOUARD.

Cependant, cette scène fera du bruit dans le monde. Comment Ernest justifiera-t-il son étrange conduite ?

BLANCHE.

Rien ne me semble plus facile, monsieur. Le premier mouvement d'une belle ame n'est-il pas de prévenir un malheur ou d'empêcher une action préjudiciable à autrui ?... Alors, qui osera lui faire un reproche de sa générosité ?

ÉDOUARD.

Personne, assurément, mademoiselle ; si elle n'a pas les suites que la malignité lui supposera sans doute.

LA BARONNE.

Quelles suites redoutez-vous, monsieur?

ÉDOUARD.

Celles dont on parle déjà ; la scandaleuse rupture d'une alliance attaquée par l'envie, et qui va servir de texte à ses propos injurieux.

LA BARONNE.

Qui la provoquera cette rupture, si vos parens désirent cet hymen autant que moi-même ?

BLANCHE.

Et si vous avez assez de caractère pour mépriser les propos de la calomnie.

ÉDOUARD.

Que deviendra la personne qui a causé ce fâcheux événement ?

LA BARONNE.

Votre mère m'avait déjà donné sur elle un conseil que je me repens de n'avoir pas suivi. Je la verrai à cet égard.

BLANCHE, *à part.*

Que veut-elle dire ?

ÉDOUARD.

Mais Ernest....

LA BARONNE.

Il sentira l'inconvenance de sa position et se hâtera d'en sortir.

ÉDOUARD, *appuyant sur sa question.*

Vous en êtes bien certaine ?

LA BARONNE.

Je m'en flatte, du moins. (*à part.*) Que je souffre d'un pareil entretien !

ÉDOUARD, *avec une legére explosion.*

Il ne voudrait pas, sans doute, nous rendre la fable de la cour et de la ville, ni tarir, dès son principe, la source des faveurs dont le prince veut le combler, par considération pour nous. J'ai besoin d'être soutenu par cet espoir, pour ne pas dire toute ma pensée.

LA BARONNE.

Des menaces, monsieur ?

ÉDOUARD.

Non, madame, l'expression du chagrin n'est point une menace. Si j'en avais à faire, ce n'est pas à la mère d'Ernest que je les adresserais.

LA BARONNE.

Cependant, ce langage....

ÉDOUARD.

Est celui de la crainte, de l'inquiétude, et surtout celui de l'honneur qui redoute jusqu'à l'apparence d'une offense imméritée.

BLANCHE , *vivement.*

M. Adolphe.

SCÈNE III.

BLANCHE, LA BARONNE, ADOLPHE, ÉDOUARD.

LA BARONNE , *allant à Adolphe.*

Eh bien ! mon fils !..

ADOLPHE.

Il est sauvé, madame, et la trop sensible Amélie respire encore pour chérir et respecter sa famille.

LA BARONNE.

Mon fils est sauvé, dites-vous ?... Sa vie a donc été en danger ?

ADOLPHE.

Il sortit si vivement, que je n'ai pu le rejoindre qu'à une très-grande distance de cet hôtel. Il parcourait les bords du Danube comme un homme en délire, appelant Amélie avec l'accent du désespoir, et la demandant à tous ceux qu'il rencontrait, lorsqu'un ouvrier du port, accourant à lui, le dirige vers le rivage, où l'on venait de relever une personne évanouie. Il approche, et reconnaît sa bien-aimée. A cette vue la terreur et la joie se disputent son ame ; ses larment coulent en abondance ; il la presse contre son cœur, et semble la ranimer ; enfin les yeux d'Amélie se rouvrent à la lumière, et l'ame d'Ernest à l'espérance.

LA BARONNE.

Qui l'empêche de revenir ? pourquoi ne l'avez-vous pas ramené ?

ADOLPHE , *lui remettant un billet.*

Lisez, madame.

LA BARONNE.

Une lettre de mon fils !...

ADOLPHE.

Philippe s'était chargé de vous la remettre, en venant chercher la voiture de son maître ; mais j'ai voulu vous la rendre moi-même, à cause de la réponse qu'il sollicite de votre bonté.

LA BARONNE, *prenant la lettre.* (*A part.*)

Quelle émotion j'éprouve !.... On dirait que mon destin est attaché à ce fatal écrit !....(*Elle la remet à Blanche.*) Lisez, Blanche.

BLANCHE, *prend la lettre et lit haut.*

« Amélie et moi nous sollicitons la faveur d'aller embrasser
» vos genoux. Si vous refusez l'entrée de votre maison à
» l'épouse de votre fils, il n'y rentrera jamais. »

LA BARONNE, *lui arrrachant la lettre.*

Quelle menace !

ÉDOUARD,

Vous l'avez entendu, madame; il l'appelle son épouse !..

LA BARONNE, *furieuse.*

Suis-je assez humiliée ?...

ÉDOUARD , *se contenant à peine.*

Je vous quitte, madame; je ne veux point influencer la réponse à cette demande , que je m'abstiens de qualifier. Je rendrai compte à ma famille de ce que je viens de voir. J'annoncerai à ma mère la visite que vous avez l'intention de lui rendre. Jusque-là, je modérerai , s'il est possible, la douleur profonde qui porte la confusion dans mon ame ; jusque-là, je tairai mes propres intentions; mais, quelle que soit l'issue de cette déplorable aventure , il faut que cette journée en éclaire le dénouement. (*Il sort.*)

SCÈNE IV.

BLANCHE, LA BARONNE, ADOLPHE.

LA BARONNE.

Oui, sans doute, il est urgent de mettre un terme à ce scandale et à mon supplice.

ADOLPHE.

Que décidez-vous, madame ?

LA BARONNE.

Me forcer de recevoir dans ma maison une femme que j'en ai chassée !....

ADOLPHE.

Le tems presse. Si j'ai bien compté les instans, votre fils n'est pas éloigné de cette demeure ; attendrez-vous qu'il s'y présente pour lui en fermer la porte ?

LA BARONNE.

A lui , jamais; mais à celle qu'il ose appeler son épouse.

ADOLPHE.

Voulez-vous qu'il se livre à son désespoir, et tombe dans une faute peut-être irréparable ?

LA BARONNE.

Cruelle alternative !... Que décider !... que faire ?...

BLANCHE.

Les voici... ce sont eux !... Ah ! faut-il tomber à vos genoux pour fléchir votre juste colère ?...

LA BARONNE, *avec une hésitation forcée.*

Laissez-moi... Je ne permets rien...

ADOLPHE, *fermement.*

C'est leur arrêt de mort que vous prononcez.

LA BARONNE.

Eh bien ! je ne veux rien savoir... Je veux ignorer si mon fils revient seul. (*Appuyant avec intention sur ces derniers mots.*) Vous m'entendez, monsieur ; souvenez-vous que je n'ai rien permis. (*Elle sort précipitamment par une porte opposée à celle de l'entrée d'Amélie.*)

BLANCHE.

Elle n'a rien permis ; mais elle n'a rien défendu, et je vais enfin revoir et embrasser ma cousine.

(*Elle sort par le fond.*)

SCÈNE V.

ADOLPHE *seul.*

Le cœur de la baronne se partage entre la haine et la tendresse maternelle : la haine l'emportera, j'en suis presque certain ; et si les liens sacrés de l'amitié ne m'attachaient à son fils, je ne la reverrais de ma vie... Les voici : soutenons leur courage, malgré le peu d'espoir que me laisse leur situation.

SCÈNE VI.

BLANCHE, AMÉLIE, ERNEST, ADOLPHE, GUILLAUME, PLUSIEURS FEMMES DE LA BARONNE.

(*Amélie avance lentement, soutenue par Ernest et Blanche, qui la font asseoir dans un fauteuil. Elle est abattue. La chevelure d'Ernest est en désordre.*)

AMÉLIE.

O Ernest ! combien vous m'avez trompé !... Par quelle fatalité n'ai-je pu découvrir plutôt que ce Henri Semler, si tendre, si passionné dans son amour, était le fils de madame de Voldemar !...

ERNEST.

Pardonne, chère Amélie, pardonne un artifice que la curiosité m'inspira, et dans lequel la crainte de te perdre et l'amour le plus pur m'ont fait persévérer.

BLANCHE.

Rentrée dans le sein de ta famille, tu y trouveras encore des cœurs qui te chérissent.

AMÉLIE.

Excepté celui de ma tante.

ERNEST.

Nous la fléchirons.

AMÉLIE.

Ah ! si l'on m'avait consultée, ce n'est point ici qu'on m'aurait amenée... Et mon frère!... où est-il, ce bon Albert que j'ai tant offensé?... Malgré les chagrins qu'il a dû ressentir, il serait encore mon protecteur, mon appui dans la situation déplorable où me voilà placée.

ADOLPHE.

Vous le verrez bientôt, madame ; un courrier est parti ce matin pour lui annoncer votre retour, et il s'empressera de revenir auprès d'une sœur qu'il aime si tendrement.

AMÉLIE.

Je vous remercie, monsieur. Je vous devrai un instant de bonheur. Hélas! je dois me presser d'en jouir de ce bonheur qui me fut si long-tems étranger, car je prévois qu'il ne sera pas de longue durée.

ERNEST.

Quel sinistre présage !... Ernest n'est-il pas auprès de toi ?.. Connais-tu maintenant une puissance capable de nous désunir?

AMÉLIE.

Oui, Ernest, il en est une à laquelle rien ne résiste. Mais quittons cet entretien..... je suis trop faible pour le soutenir.

GUILLAUME.

Mon cher maître, quel appartement faut-il préparer pour madame?

BLANCHE.

Le mien est le seul qui lui convienne, et je l'offre de tout mon cœur.

AMÉLIE.

Généreuse amie, l'amour d'Albert te paiera du tendre attachement que tu as pour sa sœur. Puisse l'inimitié qui me poursuit ne pas rompre l'hymen qui devait vous unir?

ERNEST, *aux suivantes.*

Conduisez Amélie dans l'appartement de sa cousine, et ne la

quittez pas d'un seul instant. Va , chère amie , tant que ton Ernest existera, tu trouveras des consolations sur la terre. (*Amélie se lève*, *et sort appuyée sur Blanche et sur Ernest, qui la laisse entre les mains des suivantes à la porte de l'appartement.*)

SCÈNE VII.

ADOLPHE, ERNEST, GUILLAUME.

ERNEST.

Vous, mon ami, allez trouver ma mère ; présentez-lui mes soumissions ; disposez-la, s'il est possible, à l'indulgence. Je sens que j'en ai besoin ; je sens aussi mon ame prête à se révolter contre l'excès de sa rigueur. Voilà pourquoi je diffère l'instant de me présenter à ses regards.

ADOLPHE.

Je ne peux vous cacher, mon ami, les nouveaux obstacles que vous avez à vaincre.

ERNEST.

Encore ?

ADOLPHE.

Le comte Édouard sort d'ici.

ERNEST.

Eh bien !...

ADOLPHE.

Il paraît très-affecté de ce qui s'est passé.

ERNEST.

Il a raison. Sa sœur et lui sont les deux seuls êtres que j'estime dans cette famille. Une mère plus indulgente que la mienne m'eût épargné la douleur de les avoir offensés.

ADOLPHE.

Ne craignez-vous pas les suites de son mécontentement ?

ERNEST.

Il s'apaisera dès qu'il connaîtra la vérité. Allez, Adolphe, et plaidez auprès de ma mère la cause de votre ami.

ADOLPHE.

Puisse cette dernière démarche n'être pas inutile !

(*Il sort.*)

SCÈNE VIII.

ERNEST, GUILLAUME.

ERNEST.

Guillaume, votre maîtresse a puni votre attachement pour Amélie , par un congé que vous ne méritiez pas. C'est un acte bien sévère, sur lequel son équité reviendra. Ne vous pressez pas de quitter cet hôtel. Nous en appellerons tous à la bonté du cœur de la baronne, et je ne doute pas qu'elle ne vous rende sa confiance. En attendant, ne quittez pas cet appartement; veillez sur mon épouse, et faites exécuter ses moindres volontés.

GUILLAUME.

O mon cher maître, l'ame pénétrée d'un profond chagrin, je venais vous faire mes adieux.

ERNEST.

Je ne les reçois pas. Un homme dont les cheveux ont blanchi au service de ma famille, ne doit pas s'en séparer ainsi...
(*Bruit dans la coulisse. Il ouvre la porte du fond, regarde et parle.*)

SCÈNE IX.

GRANDSON, ERNEST, GUILLAUME.

GRANDSON, *entrant sans cérémonie.*
Enfin, je trouve à qui parler.

ERNEST.
Voyez qui ce peut être?

GUILLAUME.
Que demandez-vous, monsieur?

GRANDSON.
Parbleu! je demande ce que j'aurai bien de la peine à trouver. (*Il pose sa canne et son chapeau sur un fauteuil.*)

ERNEST, *à part avec surprise.*
Monsieur Grandson!

GRANDSON.
Je voulais voir madame la baronne. On m'a répondu qu'elle n'était pas chez elle; mais on m'a permis de l'attendre ici, et... (*regardant Ernest.*) que vois-je!... Est-il possible?... Vous, monsieur Semler, dans l'hôtel de Voldemar!...
(*Sur un geste d'Ernest, Guillaume se retire.*)

ERNEST.
Ah! monsieur Grandson, que de reproches vous avez à me faire. Je ne suis pas ici ce Henri Semler que vous accueillîtes avec tant de bonté dans votre château de Bellinzona. Je suis Ernest de Voldemar, toujours amant d'Amélie, l'adorant plus que jamais, peut-être à la veille de voir entre elle et moi la barrière éternelle du tombeau, et jurant de ne pas lui survivre si le destin m'en sépare.

GRANDSON, *avec un chagrin qui tient à la bonhomie.*
En ce cas-là, monsieur, faites votre testament. Cette Amélie

que vous adorez... (*Il a la larme à l'œil*), que moi-même j'ai
la sottise d'aimer encore malgré son ingratitude, a payé mes
bienfaits par le plus cruel abandon, et il est probable que nous
ne la reverrons jamais.

ERNEST.

Désabusez-vous, elle est ici.

GRANDSON.

Ici.

ERNEST.

Se reprochant avec amertune sa conduite à votre égard.

GRANDSON.

Ah ! je le crois.... Imprudent jeune homme !... c'est donc
vous qui l'avez excitée à cet oubli de toutes les convenances ?

ERNEST.

Non, je vous le jure, je n'étais ni l'instigateur ni le confident de sa résolution.

GRANDSON.

Et moi qui la cherche depuis quinze jours !... Vous saurez
plus tard tout ce que j'ai fait pour découvrir ses traces... Puisqu'elle est ici, madame de Voldemar est donc revenue à des
sentimens plus humains ? Elle a donc transigé avec son orgueil
et pardonne à sa nièce ?

ERNEST.

Hélas !

GRANDSON.

Vous soupirez.... vous pleurez ;... bien, mon ami : ne
cachez pas ces larmes ; elles réparent bien des torts, et m'ôtent
la force de vous les reprocher ; mais, ma nièce, mon Amélie,
comment votre mère l'a-t-elle reçue ?

ERNEST.

Elle ne l'a point encore vue.

GRANDSON.

Voilà qui est singulier. Ne m'avez-vous pas dit qu'elle ha-
bitait cet hôtel ?

ERNEST.

Depuis ce matin seulement.

GRANDSON.

Ah ! toutes ces réticences me paraissent bien suspectes, monsieur.... Vous me cachez une partie de la vérité. Heureu-
sement mon Amélie déteste le mensonge, et je la saurai tout
entière de sa bouche. Voulez-vous me faire conduire auprès
d'elle ?

ERNEST.

Je me ferai un plaisir de vous y accompagner dès qu'elle
pourra vous recevoir.

GRANDSON.

Des façons pour parler à ma nièce ?

ERNEST.

Elle goûte, en ce moment, un repos qui lui est indispensable.

GRANDSON.

Encore une défaite !... Vous moquez-vous de moi, monsieur ?

ERNEST.

L'oncle d'Amélie a trop de droits à mes respects, à ma reconnaissance, pour que cette pensée puisse entrer dans mon ame. Je bénis, au contraire, la Providence qui a dirigé vos pas vers ces lieux. Vous serez notre protecteur, notre dieu tutélaire.

GRANDSON.

Oui, morbleu !... Si je suis content de vous, je veux l'être en dépit de tous les obstacles.

ERNEST.

Eh bien ! voyez ma mère, parlez-lui en faveur de notre Amélie.

GRANDSON.

C'est bien mon projet ; mais, pour lui parler, il faut en approcher, et elle se tient close comme mandarin.

ERNEST.

Elle vient.... Vous connaissez son caractère. Ménagez-la, et n'oubliez pas que de sa volonté dépend mon bonheur et celui d'Amélie.

SCÈNE X.

ERNEST, LA BARONNE, GRANDSON.

GRANDSON.

Mon intention, madame, était d'aller vous présenter mes hommages, et je suis flatté de l'honneur que vous me faites, en prévenant ma visite.

LA BARONNE, *sèchement.*

Curieuse de savoir quel motif amène ici l'oncle d'Amélie, j'ai dû mettre cet empressement à m'en informer.

ERNEST, *à part, avec chagrin.*

Quel langage !...

GRANDSON, *piqué.*

Ainsi, une démarche que j'attribuais à la politesse, je ne la dois qu'à la curiosité. Vous auriez pu vous dispenser de me le dire ; mais c'est toujours bon à savoir.

LA BARONNE.

Vous savez, sans doute, l'événement de cette nuit ; vous savez le scandale que votre nièce a causé dans ma maison, et la manière dont elle y est entrée malgré moi.

GRANDSON.

Non, madame. Arrivé depuis peu d'instans, j'ignore tout, et les expressions dont vous vous servez pour qualifier un événement dont je ne me fais aucune idée, me causent autant de surprise que de douleur.

LA BARONNE.

Il ne me convient pas de vous expliquer tous ces détails; la renommée vous les apprendra. Tout ce qu'il m'importe à présent, c'est de savoir si vous enmenerez bientôt d'ici une femme qui a jeté le trouble dans ma maison, et le déshonneur dans ma famille.

ERNEST.

Ah! ma mère, quelles expressions!

GRANDSON.

Le trouble dans votre maison; je le conçois : lorsqu'on a des idées comme les vôtres, on doit difficilement s'accorder avec la société. Quant au déshonneur de votre famille, je serai, sur ce chapitre, moins facile à convaincre; je connais mieux que vous le cœur d'Amélie; il a toute la pureté de la vertu. Si vous ne comprenez pas cette ame céleste et bienfaisante, c'est un malheur pour vous. Mais, moi, qui sais l'apprécier, je répondrais qu'elle n'a pu tomber dans une faute dont la honte la force à rougir et retombe sur ses parens.

LA BARONNE, *avec une ironie amère.*

Vous feignez de ne pas me comprendre; faut-il vous rappeler sa mésalliance avec un être...

GRANDSON, *sur le même ton.*

Achevez, madame, avec un savant qui devait illustrer son siècle, si une mort prématurée ne l'avait enlevé à ses travaux littéraires; mais un savant, dont la renommée ne date que de ses écrits, n'est pas sans doute à comparer...

ERNEST.

Ah! monsieur Grandson, respectez ma mère. Tout en gémissant de son excessive sévérité, rendez hommage aux qualités de son ame.

GRANDSON.

C'est fort bien; quant à moi, je ne suis pas d'humeur à me laisser insulter dans un neveu qui mérita l'estime publique. Certes, je suis loin de m'aveugler sur mon mérite; mais, artisan de ma propre fortune, j'ai fait participer l'état aux bénéfices de mes spéculations; j'ai nourri cent familles par mon industrie; j'ai répandu mon nom avec honneur dans les quatre parties du monde, et mérité la considération dont notre souverain n'a pas rougi de m'honorer publiquement. De tels titres ont bien aussi leur gloire; et quand j'adopte la nièce de madame, quand je la traite comme ma propre fille, quand je lui donne en mariage 200,000 florins, je mérite, ce me semble, un accueil plus gracieux que celui que je viens de recevoir.

LA BARONNE.

Je vous estime ce que vous valez, monsieur; mais vous ne trouverez pas mauvais que je règle les affaires de ma famille selon les principes que je me suis faits.

GRANDSON.

Libre à vous, madame, mais puisque vous repoussez une nièce dont la vertu vous honore, je réclame les droits que j'ai acquis sur elle, et dès aujourd'hui je l'emmène.

LA BARONNE, *fièrement.*

Partez donc à l'instant!

ERNEST.

Arrêtez!... L'ordre de son départ serait mon arrêt de mort!

LA BARONNE.

Mon fils!...

ERNEST.

Vous avez provoqué le juste mécontentement de cet homme plein d'honneur, pour trouver dans ses réponses un prétexte d'enfreindre vos promesses; mais j'ai fait à Amélie un serment que le ciel n'a pas dû repousser, comme celui de votre inimitié pour elle, et puisqu'il faut enfin que je prenne un caractère que mes inutiles respects m'avaient fait perdre, je déclare qu'elle ne sortira d'ici qu'avec moi pour recevoir le titre de mon épouse.

LA BARONNE.

Quel langage!

GRANDSON.

C'est votre inflexible orgueil qui le provoque à la désobéissance.

SCÈNE XI.

ERNEST, BLANCHE, LA BARONNE, GRANDSON.

BLANCHE.

Madame, Amélie instruite que son oncle est avec vous dans cet appartement, sollicite la faveur de venir embrasser ses genoux, et de déposer à vos pieds le tribut de ses regrets et de son repentir.

GRANDSON.

La pauvre enfant !... elle me croit bien en colère ; elle n'ose se présenter devant moi... Daignez m'accompagner, mademoiselle, je vais lui éviter l'embarras d'une première démarche... *(Regardant la Baronne.)* D'après ce que je viens d'entendre, elle aura bien d'autres larmes à verser... Je vous suis. *(Il sort avec Blanche.)*

SCÈNE XII.

LA BARONNE, ERNEST.

LA BARONNE, *avec humeur.*

La présence et le ton de cet homme, au lieu de servir vos intérêts, n'ont fait que m'affermir dans ma résolution. J'ai épuisé, pour vous rendre à l'honneur, tous les moyens que ma tendresse a pu me suggérer. Les larmes de votre mère, les instances de vos amis, les supplications de vos parens, vous avez tout bravé pour ne suivre que l'impulsion de votre fol amour. Tant d'entêtement me fatigue et m'indigne. Pour vous faire passer par tous les degrés de l'avilissement, il ne vous reste plus qu'à recevoir la malédiction maternelle. Tremblez qu'elle ne s'appesantisse enfin sur votre tête.

ERNEST.

Qu'ai-je entendu ?... Vous, ma mère, vous maudiriez votre enfant ?

LA BARONNE.

Vous en abjurez le titre en vous révoltant contre mon autorité.

ERNEST.

Non, non.... tant de barbarie n'entre pas dans votre ame. Cet arrêt homicide ne sortira pas de votre bouche. Je vous en supplie, révoquez une menace dont la seule pensée me glace de terreur. Cédez à la pitié que mes larmes implorent. *(Il tombe à ses genoux.)*

LA BARONNE, *avec bonté.*

Insensé !... tu me sauras gré plus tard de la sévérité que tu déplores maintenant. Réfléchis à ta situation, à celle où tu m'as réduite, au ressentiment de la famille puissante que tu viens d'irriter contre toi... Je ne peux plus te le cacher. Nous avons tout à craindre des plaintes qu'elle se propose de porter au souverain.

ERNEST.

O ma mère ! parlez-moi de votre tendresse, et jamais du langage menaçant des étrangers.

LA BARONNE.

S'il plaît au monarque de vous approcher de sa personne,
et de vous distinguer des autres courtisans?

ERNEST.

Toujours juste et généreux, il n'y mettra pas de conditions.

LA BARONNE.

Il est des convenances qu'on ne saurait braver impunément.

ERNEST.

Il en est d'autres qu'on ne devrait jamais imposer, sans en
avoir calculé les conséquences.

LA BARONNE.

Je n'en suis pas moins obligée d'employer tout mon crédit
pour apaiser des ressentimens qui peuvent nous valoir une disgrâce humiliante.... Je te laisse à tes réflexions. Arme-toi de
courage, et fais quelque sacrifice à une mère dont tu es l'orgueil et l'espérance. (*Elle sort.*)

SCÈNE XIII.

ERNEST, *seul.*

Quand j'ai la force de résister à ses larmes, manquerai-je de
caractère pour lutter contre les attaques de l'intrigue ? Loin de
moi toute faiblesse ! Amélie est la seule idole que j'invoque, ma
seule ambition.... Je l'entends... cachons-lui soigneusement
la nouvelle que l'on vient de m'annoncer.

SCÈNE XIV.

ERNEST, AMÉLIE, GRANDSON, BLANCHE.

GRANDSON *entre le premier et regarde sur la scène.*

Elle est partie !... tant mieux. Elle ne troublera pas la joie
que nous avons d'être ensemble. (*A Amélie.*) Allons, mon
enfant, du courage; va, j'ai senti autant de plaisir à te pardonner que tu as dû éprouver de chagrin à m'offenser.

AMÉLIE.

O le meilleur des hommes !

GRANDSON.

Mes enfans, j'aurais beaucoup de choses à vous dire; mais
je les passe pour vous entretenir d'un plan dont l'idée m'arrive à
l'instant même.

AMÉLIE.

Comment, mon oncle ?

GRANDSON.

Oui, dans l'instant. C'est une inspiration lumineuse dont je
suis fort content. Vous vous aimez, n'est-ce pas ?

ERNEST.

Quelle preuve en faudra-t-il, si l'on récuse le sentiment qui m'anime ?

GRANDSON.

Jamais mariage ne fut mieux assorti que le vôtre sous tous les rapports.

AMÉLIE.

Eh bien !...

GRANDSON.

Eh bien ! il s'accomplira.

AMÉLIE.

Avec le consentement de ma tante ?

GRANDSON.

Si cette femme entêtée le refuse, nous nous en passerons.

ERNEST, *devinant sa pensée.*

Un mariage secret ?

GRANDSON.

Précisément.

ERNEST, *avec joie.*

C'est le seul parti qui nous reste pour éviter les obstacles.

BLANCHE, *de même.*

Vous pouvez compter sur ma discrétion. Le bonheur d'Amélie m'est si cher, que je vous promets un silence absolu.

GRANDSON.

Un ministre des autels, le frère d'Amélie et moi, nous serons en nombre suffisant pour rendre cette union valable aux yeux de la religion.

ERNEST.

Après la cérémonie, vous emmenerez mon épouse dans vos domaines. Je ne prends que le tems nécessaire pour terminer des affaires importantes ; et, libre bientôt, je retrouverai le bonheur dans les climats hospitaliers qui entendirent mes premiers sermens d'amour.

AMÉLIE.

Et pendant que nous passerons des jours si heureux, ta mère veillera sans goûter les douceurs du sommeil. Elle mourra, peut-être, sans pouvoir embrasser le fils qu'elle adorait, et sans recevoir ses consolations.

ERNEST.

Quelle image tu me présentes !

AMÉLIE.

Quand le chagrin aura consumé sa vieillesse, tu n'auras aucuns regrets, aucuns remords ! tu resteras tranquille et satisfait entre les bras d'une épouse qui sera la première cause de son trépas ?...

ERNEST.

Amélie, épargne-moi, tu me déchires le cœur !...

AMÉLIE.

Si je ne l'estimais pas ce qu'il vaut, ce cœur où je suis fière de régner, te retracerais-je le tableau prophétique des malheurs affreux qu'il se prépare; non, crois-en ton amie, Ernest, on n'arrive pas au bonheur en déchirant le cœur de sa mère, en trahissant le plus saint des devoirs.

ERNEST.

Celui qui m'attache à toi, le crois-tu moins sacré que les autres ?

AMÉLIE.

La chaîne qui te lie à l'auteur de tes jours est la première que t'ait imposée la nature.

ERNEST.

Ne t'ai-je pas juré de te consacrer tous les instans de ma vie ?

AMÉLIE.

Je te dégage de tes sermens.

ERNEST.

Je réclame les tiens : ils sont scellés par l'honneur, et Dieu les a reçus.

AMÉLIE.

Dieu punit les enfans rebelles, et sa justice exauce toujours la malédiction d'une mère.

ERNEST.

Ah ! quel mot as-tu prononcé !...

BLANCHE.

Juste ciel ! laisseras-tu sans récompense tant d'héroïsme et de vertus ?

GRANDSON, *à lui-même*.

Vous verrez qu'elle me convaincra que mon sublime projet n'a pas le sens commun.

AMÉLIE.

Au lieu d'applaudir à sa résistance, joignez-vous à moi pour le détourner d'un crime qui ferait le malheur de sa vie. Je sais trop ce qu'il en coûte pour résister à ses parens. Pour le supplice éternel de ma vie, j'ai perdu trop tôt ma mère; conservons-lui la tendresse de la sienne. Cette perte est irréparable, et toutes les félicités humaines ne sont pas capables de la compenser.... Cher Ernest, renonce à moi : tu dois ce sacrifice à ta famille.

ERNEST.

Qu'exiges-tu !

AMÉLIE.

Celui que je m'impose sera douloureux, épouvantable.....
Mais si dans ma retraite je te sais heureux, environné d'honneurs, riche de l'estime publique et des bénédictions de ta
mère, de quelle satisfaction cette douce pensée remplira mon
ame ! Avec quel plaisir, avec quel orgueil je me dirai sans
cesse : Ernest m'aime; considération, dignités, fortune, il per-
dait tout, en devenant mon époux; il a tout reconquis, en
renonçant à moi, par ma seule volonté ! Son bonheur est mon
ouvrage.... Ah ! cher Ernest, cette pensée a ses délices; cette
satisfaction a des charmes aussi purs et bien plus durables
que les jouissances de l'amour.
(*On entend un peu de bruit dans le fond. Blanche va voir,
sans sortir de la scène.*).

GRANDSON.

Quand je vous le disais, mon ami, c'est un ange dont on
méconnaît la vertu, et que le monde n'était pas digne de
posséder.

ERNEST.

Et j'accepterais son généreux sacrifice !.... Non, jamais !....

BLANCHE, *revenant.*

Madame de Voldemar !....

AMÉLIE, *à part.*

Ma tante !... ah ! mes genoux fléchissent malgré moi.

SCÈNE XV.

ERNEST, AMÉLIE, LA BARONNE, BLANCHE,
GRANDSON.

(*Blanche s'est aperçue de l'agitation d'Amélie et lui aide à se
soutenir.*)

ERNEST, *à Amélie.*

O ciel !.... quel trouble vous saisit?.. (*Entrée de la Baronne.*)
Rassurez-vous, Amélie; puisque ma mère vient vous trouver,
c'est qu'elle est disposée à l'indulgence.

LA BARONNE.

Mon fils est l'interprète fidèle de ma pensée, madame; oui,
vous pouvez prétendre encore à mon indulgence, et même à
mes bontés; mais il faut vous en rendre digne.

AMÉLIE.

Ah ! madame, que ces paroles sont consolantes ! qu'elles
vont affermir mon courage et ma résignation !

LA BARONNE.

Écoutez-moi : la famille Loweinsten, offensée par la scène
de cette nuit, exige, ou que l'hymen projeté se renoue et

accomplisse dans les vingt-quatre heures, ou qu'on lui fasse
ne réparation.

ERNEST, *vivement et avec fierté.*

Une réparation!.... Qu'ils s'adressent à moi, ceux qui se
disent blessés dans leur honneur; ils apprendront comment un
Voldemar sait réparer une injure.

AMÉLIE.

Ernest, l'arme de la bravoure n'est pas toujours celle de la
justice.

LA BARONNE.

Amélie, c'est à vous que je m'adresse; j'abrégerai en vous
épargnant le récit du mal que vous m'avez fait. Voulez-vous
en combler la mesure, en arrachant un fils à sa mère?

AMÉLIE.

Si vous lisiez dans ce cœur, depuis si long-temps l'objet de
vos mépris, madame, quelles sont les espérances où son ambition se borne, peut-être le plaindriez-vous de l'erreur invo-
lontaire où l'amour l'a fait tomber.

ERNEST.

Elles me sont connues, ces espérances; je jure au ciel, à
ma mère, à vous-même, qu'elles ne se réaliseront pas... Rap-
pelez-vous, ô ma mère, celles que vous m'avez données. C'est
parce que vous vous êtes attendrie sur mes maux que j'existe
encore. Ne me retirez pas vos bienfaits; je vous le demande à
genoux. Regardez mon Amélie : vous l'aimerez encore, et
vous me pardonnerez de ne pouvoir vivre sans elle. Regardez
mon Amélie, et vous direz : J'ai retrouvé l'enfant de mon
cœur, la fille de mon adoption.

AMÉLIE.

Madame, autrefois vous m'ouvriez vos bras, vous me pres-
siez contre votre sein, en me prodiguant les noms les plus ten-
dres et les plus flatteurs. L'époux que vous me destiniez, le
voici à vos pieds vous demandant la main que vous lui aviez
promise, comme on demande la vie... O ma mère, pardon-
nez si l'amour qui remplit mon ame m'enhardit à vous donner ce nom, n'accablez pas de votre haine celle qui vous chérit
et vous honore, celle que votre fils a choisie, et qu'il a si long-
tems regardée comme son épouse.

(*Ernest et Amélie sont à ses genoux.*)

LA BARONNE.

Oui, vous fûtes ma bien-aimée. En vous revoyant, malgré la
grandeur de votre faute, les accens de votre voix pénètrent encore jusqu'au fond de mon cœur, et mon émotion vous atteste
qu'il n'est point insensible à la pitié.

AMÉLIE.

Qnel espoir vous me donnez !

ERNEST.

O ma mère !

LA BARONNE.

Éloignez-vous, messieurs ; Amélie, seule, doit m'entendre et répondre aux propositions que je vais lui faire.

ERNEST, *avec inquiétude.*

Des propositions !...

GRANDSON.

Quoi, madame...

LA BARONNE.

Je l'exige... Si vous me résistez, vous rendrez entre nous toute réconciliation impossible.

ERNEST, *à part.*

Quel est son but ?

GRANDSON.

Venez, mon jeune ami, ne donnons contre nous aucun prétexte à l'inimitié.

ERNEST, *bas à Amélie, en sortant.*

Amélie, n'oublie pas que mon existence est entre tes mains.

(*Il sort avec Grandson ; tous les deux marquent de l'inquiétude. La Baronne les suit des yeux pendant ce jeu de scène.*)

AMÉLIE, *à part.*

Quel que soit notre sort, sachons nous y conformer.

SCÈNE XVI.

LA BARONNE, AMÉLIE.

LA BARONNE.

Oui, votre pardon est dans mon cœur ; vous pouvez y retrouver encore toute l'affection dont je vous ai comblée dans votre enfance. La seule condition que je mette au retour de ma bienveillance, c'est de choisir une retraite où mon fils ne puisse pénétrer.

AMÉLIE.

Une retraite !

LA BARONNE.

Votre séparation du monde ne sera que momentanée, vous pourrez y reparaître après le mariage de mon fils. Si vous n'avez pas d'idée fixe sur le choix de l'habitation où vous vous retirerez, madame Loweinsten se chargera de vous en indiquer une ; vous y conduira même.

AMÉLIE.

Je me soumets à tout, madame, excepté à la protection de madame de Loweinsten.

LA BARONNE.

Ne la trouvez-vous pas honorable ?

AMÉLIE.

Je la crains autant que je désire votre estime. Mais n'entraînons pas une digression inutile ; déjà mes vœux avaient prévenu votre proposition ; déjà ce cœur qu'on a tant calomnié, avait calculé toute la grandeur du sacrifice... et s'y était résolu volontairement. (*Cherchant à retenir les larmes qui lui échappent.*) Il sera plus horrible, plus complet que vous ne l'espérez... Pardonnez-moi les pleurs que cette pensée m'arrache.... c'est un tribut que je paye à l'amour le plus pur que le ciel ait allumé dans un cœur né pour être vertueux. Les approches de la mort ne causent que des regrets qui s'éloignent dans la tombe ; mais vivre sans recevoir les caresses de ses parens, loin de la vue de ses amis les plus chers, avec le souvenir ineffaçable d'un bonheur auquel on a renoncé, n'est-ce pas multiplier ses tourmens et renouveler à chaque minute le supplice d'une existence mille fois plus affreuse que la mort !

LA BARONNE, *à part.*

Elle m'attendrit malgré moi.

AMÉLIE.

Cependant ne craignez pas que mon courage se démente ; ces larmes sont les dernières que mes yeux répandront devant vous. Ce que je vous promets, je le tiendrai ; et demain tous les êtres qui conspirent à mon malheur n'auront plus rien à craindre de moi.

LA BARONNE.

Demain !... pourquoi ce délai ? Si votre résolution est prise, qui vous empêche de l'accomplir dès ce jour ?

AMÉLIE.

Ah ! madame, vous êtes donc bien pressée d'ensevelir votre victime ?

LA BARONNE.

Vous me jugez mal, Amélie : un motif secret et puissant qui vous concerne seule, me détermine à presser l'exécution de votre promesse.

AMÉLIE, *étonnée.*

Un motif secret...

LA BARONNE.

Je ne désire pas qu'il vous soit connu.

SCÈNE XVII.

AMÉLIE, LA BARONNE, ERNEST, GRANDSON.

(Ils paraissent sans bruit et restent dans le fond.)

AMÉLIE.

A quelle nouvelle épreuve serais-je encore exposée ?

LA BARONNE.

Évitez-la, je vous en conjure.

AMÉLIE.

Eh bien, madame, disposez donc de ma vie : mais, croyez-moi, prenez des mesures bien précises, car si Ernest avait le moindre soupçon...

ERNEST, *à part.*

Qu'entends-je ?

LA BARONNE.

Au retour de la nuit, quand tout le monde reposera, mes femmes vous prendront dans votre appartement, et vous conduiront dans la maison où vous fûtes élevée.

AMÉLIE.

C'est le vœu de mon cœur.

ERNEST, *avançant.*

Quel complot abominable !

AMÉLIE, *surprise.*

Ernest !

LA BARONNE.

Mon fils !

ERNEST, *à sa mère.*

Voilà donc le résultat de vos promesses trompeuses et de mes instantes sollicitations !

LA BARONNE.

Amélie, je réclame votre parole.

GRANDSON.

Et moi, je m'oppose à son accomplissement.

LA BARONNE.

De quel droit ?

GRANDSON.

Par tous ceux que vous m'avez donnés, en la reniant pour votre nièce.

ERNEST.

Le vœu qu'elle a formé est un vœu sacrilége. Son existence n'est plus à elle ; et quand la foudre gronderait sur ma tête, j'en braverais les éclats pour l'empêcher d'accomplir une résolution si barbare !

LA BARONNE.

Enfin ma patience est à son terme... Puisque tout le monde est ligué contre moi, puisque je ne puis rien obtenir de vous, je saurai bien faire respecter mon autorité. Pour exercer mes droits dans toute leur plénitude, pour n'avoir plus à lutter contre des êtres plus dignes de ma colère que de ma pitié, je quitte cet asile, et fais serment de n'y pas rentrer, tant que cette femme y restera.

(Fausse sortie.)

AMÉLIE, *courant à elle.*

Madame... au nom du ciel, écoutez-moi !

LA BARONNE, *la repoussant pour sortir.*

Retirez-vous !...

AMÉLIE, *s'attachant à ses genoux.*

Non, vous ne fuirez pas de votre maison à cause de moi... Je mourrai plutôt sur le seuil de cette porte, (*Épuisée et fondant en larmes,*) et vous n'y passerez qu'en me foulant sous vos pieds.

(*En effet, au moment où la Baronne est prête d'atteindre la porte du milieu, Amélie tombe évanouie, de manière que son corps en ferme le passage. La Baronne éperdue recule quelques pas, jette un cri, se cache, en se détournant, la tête dans ses mains. Ernest, Blanche et Grandson sont allés au secours d'Amélie. Au moment où ils la soulèvent, le rideau tombe sur ce tableau.*)

FIN DU DEUXIÈME ACTE.

ACTE III.

Le théâtre représente la galerie dont on n'a vu que l'illumination au premier acte. Elle est ouverte, et laisse apercevoir en perspective le jardin de l'hôtel. — Les lustres sont encore suspendus, et l'on y remarque les divers ornemens dont elle était parée pour la fête. Plusieurs portes latérales indiquent différentes communications dans les appartemens.

SCÈNE PREMIÈRE.

ADOLPHE, GUILLAUME, PHILIPPE.

ADOLPHE, *inquiet et préoccupé.*

Où est Ernest ?

PHILIPPE.

Auprès de madame Amélie.

ADOLPHE.

Et Blanche?

PHILIPPE.

Également, ainsi que M. Grandson.

ADOLPHE.

On n'a point de nouvelles du comte Albert?

PHILIPPE.

Non, monsieur.

ADOLPHE, *à lui-même.*

Il est probable qu'il arrivera trop tard pour protéger sa
sœur..... La baronne est active ;.... animée par les conseils
des Loweinsten, elle presse les événemens ; et les sinistres
projets tramés dans l'ombre contre Amélie, seront exécutés
avant qu'on ait le tems de les prévenir.

GUILLAUME.

Vous me faites trembler, monsieur Adolphe. Qu'a-t-elle
encore à redouter?

ADOLPHE.

Il me serait difficile de vous l'expliquer clairement. J'étais
tout-à-l'heure entré chez la mère du jeune Édouard ; après
quelques mots de politesse froidement échangés, madame de
Loweinsten reprit à voix basse une conversation commencée
avec un magistrat avant mon arrivée. Plusieurs mots entendus
à la dérobée excitèrent mon attention. Elle s'aperçut des efforts
que je faisais pour l'écouter ; alors elle emmena son confident
dans une pièce voisine : et moi, impatient de n'avoir pu rien
savoir, je me retirai en regrettant la démarche inutile que
j'avais faite.

GUILLAUME.

Hélas ! quand se lassera-t-on de les persécuter ?

ADOLPHE.

Croyant être plus heureux avec Édouard, je demandai à
lui parler, bien décidé à lui révéler l'inclination secrète dont
sa sœur n'avait osé faire l'aveu à sa famille. Soin superflu,
Édouard était absent : mon but est manqué, et je perds encore de ce côté l'espoir d'une conciliation dont je m'étais flatté
d'obtenir un résultat si satisfaisant.

PHILIPPE.

Comme vous venez de le dire, monsieur Adolphe ; peine
inutile. Pour ne pas en avoir le démenti, ces gens-là feront à
la pauvre Amélie tout le mal qu'ils pourront lui faire.

ADOLPHE.

Cependant la crise approche ; je n'ai pas un moment à
perdre. Je vais chez le magistrat que j'ai vu chez madame de
Loweinsten ; j'espère apprendre ce qu'il m'importe de savoir,

et conjurer l'orage au moins pour quelques heures. Vous, Philippe, ne quittez pas votre maître; examinez bien ce qui se passe autour de lui. Avertissez M. Grandson de mes craintes, en évitant de jeter de nouvelles alarmes dans l'esprit d'Ernest. Son extrême pétulance nuirait infailliblement à sa cause. Vous, Guillaume, restez dans cette enceinte où la baronne s'est retirée en attendant son départ...

GUILLAUME.

Elle est donc décidée à nous quitter.

ADOLPHE.

Je le pense ; mais avant, elle peut faire beaucoup de mal. Exercez ici la même surveillance que Philippe auprès de son maître. Si vous découvrez quelque chose avant mon retour, hâtez-vous d'en informer aussi M. Grandson ; avec toutes ces précautions, nous aurons bien du malheur si nous ne déjouons pas les complots de la malveillance.   (*Il sort.*)

SCÈNE II.

PHILIPPE, GUILLAUME.

PHILIPPE.

Eh bien ! mon cher Guillaume, me voilà bien avancé.

GUILLAUME.

Oui, si la baronne se laisse influencer par madame de Loweinsten, le sort d'Amélie est en bonnes mains.

PHILIPPE.

Les affaires iront vite, du moins, car elle est expéditive, madame de Loweinsten.

GUILLAUME.

Chut. J'aperçois mademoiselle Blanche ; elle va, sans doute, nous donner des nouvelles de son amie.

SCÈNE III.

PHILIPPE, BLANCHE, GUILLAUME.

GUILLAUME, *allant à Blanche.*

Eh bien ! mademoiselle, comment se trouve notre jeune maîtresse ?

BLANCHE.

Elle a repris connaissance et se trouve beaucoup mieux.

PHILIPPE.

Et monsieur Ernest ?

BLANCHE.

Éperdu, hors de lui-même, il maudit le destin et accuse ses

parens.... Allez près de lui, Philippe ; il ne faut pas le perdre de vue un seul instant.

PHILIPPE.

J'y vole, mademoiselle.   (*Il sort.*)

BLANCHE, *à Guillaume.*

Puis-je entrer chez ma tante ?

GUILLAUME.

La voici, mademoiselle.

SCÈNE IV.

BLANCHE, LA BARONNE, GUILLAUME.

LA BARONNE.

J'allais vous faire appeler, Guillaume. J'ai réfléchi à votre position ; je suis vive, impatiente, mais juste. Je ne veux pas que quarante ans passés dans ma maison soient perdus pour vous. Vous allez vous rendre en toute hâte à ma terre de Voldemar. Là, vous n'aurez à exercer qu'une surveillance très-facile ; et, aussitôt votre arrivée, vous ferez tout préparer pour m'y recevoir.

GUILLAUME.

Ah ! madame, que d'actions de grâce...

LA BARONNE.

J   e pars demain sans délai ; vous dès ce soir Allez.

(*Guillaume sort.*)

SCÈNE V.

LA BARONNE, BLANCHE.

LA BARONNE.

Blanche, vous m'accompagnerez à Voldemar.

BLANCHE.

Il est donc vrai, madame, vous abandonnez votre famille ?

LA BARONNE.

Cet effort me coûtera ; mais je dois avoir le courage de m'y résoudre. Cette Amélie a des accens .... Oui, Blanche, il faut que je m'éloigne : je me défie trop de mes propres forces. Je l'avouerai, ses larmes m'ont presque vaincue. Si une scène pareille à celle de tout-à-l'heure venait à se renouveler, je pardonnerais peut-être, et je me le reprocherais toute ma vie.

BLANCHE.

Quelle erreur est la vôtre ? une mère s'est-elle jamais repentie du bien qu'elle a fait à ses enfans.

LA BARONNE.

Mon cœur est brisé... Mais cette séparation est indispensable et utile à mes projets. Je l'avais conçu : madame de Loweinsten l'approuve ; son avis m'a déterminée.

BLANCHE.

Madame de Loweinsten !...... C'est une étrangère que vous consultez, quand il s'agit du bonheur de votre famille ?

LA BARONNE.

Je n'ai plus de famille... Toutes mes affections vont désormais se concentrer sur vous.

BLANCHE, *avec un mouvement d'effroi mal déguisé.*

Sur moi, madame !

LA BARONNE.

Qu'augurer de ce mouvement qui vous échappe ?

BLANCHE, *avec sensibilité et une respectueuse fermeté.*

Tant que j'ai cru possible le retour de vos bontés pour Amélie, je me suis efforcé d'en accélérer l'instant. Sans céder à mes respectueuses remontrances, vous les regardiez comme un indice d'une ame généreuse, et vous les tolériez. Cette tolérance a dû me faire penser que je parviendrais enfin à déraciner les derniers germes de votre inimitié pour elle. Aujourd'hui ce doux espoir est détruit, et vous me proposez de la remplacer dans vos affections. Sans doute, elles sont pour moi d'un prix sans égal ; mais acheter votre amitié par une bassesse !... me parer des dépouilles de ma cousine, quand je suis sur le point d'épouser son frère !.... Quelle pensée !.... J'aime mieux retourner dans l'asile où l'on forma mon cœur à la pratique des plus douces vertus... Là, du moins, je ne verrai pas des pleurs que je ne peux tarir, ni des infortunés qu'on ne me permet pas de consoler.

LA BARONNE.

Vous m'abandonneriez !..... Est-ce une leçon que vous prétendez me donner ?

BLANCHE.

C'est un chagrin que je veux m'épargner... Les larmes que je donne au malheur pourraient vous offenser ; je les répandrai dans la solitude, et je n'en sortirai que pour suivre à l'autel celui qui doit être mon époux.   (*Fausse sortie.*)

LA BARONNE.

Demeurez... (*A part.*) Cette femme a donc le secret de séduire tous les cœurs !... ou moi-même... (*Moment de réflexion.*) Hélas !.... à peine osé-je interroger mon cœur !.... Quand je pense aux efforts qu'il m'en a coûté pour le combattre !...

(*Un laquais entre, et sort de suite après avoir annoncé :* Monsieur Grandson.)

LA BARONNE, *à elle-même.*

Encore cet importun ! (*A Blanche.*) Allez, ma nièce, nous reprendrons cet entretien. (*Blanche sort, et Grandson entre par la même porte.*)

SCÈNE VI.

LA BARONNE, GRANDSON.

GRANDSON.

Je ne viens plus, madame, intercéder en faveur d'une infortunée dont vous ne savez pas apprécier les éminentes qualités. Si vous lui fermez votre cœur, d'autres s'empresseront de rendre à sa vertu les hommages qu'elle mérite.

LA BARONNE.

Passons sur les éloges, monsieur : quel est le but de votre démarche ?

GRANDSON.

De vous prévenir qu'il est inutile de vous déplacer pour Amélie. Malgré sa faiblesse, je l'emmène loin de vous. Ernest se résigne à cette séparation, qui, je l'espère, ne sera pas de longue durée.

LA BARONNE, *le fixant.*

Que voulez-vous dire, monsieur ?

GRANDSON.

Je ne vous dois point compte de mes pensées.

LA BARONNE.

Et moi, je les devine

GRANDSON.

Vous avez bien de la pénétration.

LA BARONNE.

On m'a fait craindre la possibilité d'un mariage secret entre mon fils et votre protégée : n'est-ce pas là le but caché de la proposition que vous me faites ?

GRANDSON, *un peu déconcerté.*

Quelle sagacité !

LA BARONNE.

Point d'ironie ; elle déguise mal l'embarras où vous jette ma question. Cette résignation d'Ernest, aussi subite qu'inattendue, me donne le nœud de l'intrigue dont vous êtes probablement l'inventeur.

GRANDSON, *à part.*

Qui la fait deviner si juste ?

LA BARONNE.

Je devais quitter la maison pour ne pas entendre les cris

importuns dont je suis sans cesse obsédée. Toutes réflexions faites, j'y resterai.

GRANDSON.

Libre à vous, madame ; mais vous ne m'empêcherez pas d'emmener ma nièce ?

LA BARONNE.

Elle ne sortira d'ici qu'avec ma permission.

GRANDSON.

Vous la donnerez.

LA BARONNE.

C'est possible ; mais ce ne sera pas à vous.

GRANDSON.

Ah ! par exemple, il est fort celui-là !... Tout-à-l'heure vous la chassiez, et maintenant vous la refusez à son père adoptif ?

LA BARONNE.

Je me défie de tout ce qui m'environne ; j'agirai d'après ce principe : telle est ma volonté

GRANDSON.

La mienne à moi est de rentrer dans la possession d'un trésor qui m'appartient. Vous avez méchamment renoucé à tous les droits que vous aviez sur elle ; à votre défaut, j'en ai acquis d'incontestables, et morbleu, je les ferai valoir.

LA BARONNE.

Soit. Mais si je consens à son départ, elle sera remise en des mains plus sûres que les vôtres.

GRANDSON.

Plus sûres que les miennes !... A mon tour, je vous demanderai l'explication de ces paroles.

LA BARONNE.

On vous la donnera bientôt.

GRANDSON.

Au surplus, j'ai dit ; j'exécuterai ma résolution. Si vous y opposez de la résistance, je vous prouverai aussi que je ne manque pas de caractère. Vous aimez le scandale, à ce qu'il me paraît ; eh bien ! on en fera, madame.

LA BARONNE.

Quelle insolence !...

GRANDSON.

Intrigue contre intrigue, menées sourdes et adroites, opposition dans les marches et contre-marches.... Comment donc, cela sera piquant. De ce pas je me rends à mon hôtel ; je vais tout disposer pour qu'Amélie y soit reçue avec la distinction due à la nièce d'une femme telle que vous,... d'un homme tel que moi.... Dans deux heures, je serai de retour ; soyez prête à me la rendre, ou, ma foi, je brusquerai le dénouement.

(Il sort.)

SCÈNE VII.

LA BARONNE, *seule.*

Dans deux heures, il ne sera plus tems ;... écrivons à madame de Loweinsten. (*Elle écrit sur un carnet qu'elle tire de son sein, en répétant tout haut :*) « Hâtez-vous, si vous perdez une minute, la fugitive nous échappe. » (*Elle sonne, un laquais paraît.*) Portez cette note à madame de Loweinsten, j'attends sa réponse : allez, promptitude et discrétion. (*Le laquais sort.*) Ma dernière entrevue avec Amélie m'avait vivement émue ; la retraite, dont Blanche vient de me menacer, m'avait jetée dans de profondes réflexions. J'aurais cédé peut-être.... mais l'impertinence de cet homme a réveillé toute ma fierté. Nous verrons qui de nous deux l'emportera.

SCÈNE VIII.

LA BARONNE, ERNEST.

ERNEST.

Que viens-je d'apprendre, ma mère ? on a donc juré de poursuivre Amélie jusqu'au tombeau, et de m'y entraîner avec elle ?

LA BARONNE.

Que voulez-vous dire ?

ERNEST.

Est-il vrai que madame Loweinsten sollicite de l'autorité la réclusion de votre nièce ? Souffrirez-vous que des étrangers se transforment en vils conspirateurs et travaillent sourdement à ma perte ?

LA BARONNE.

Est-ce conjurer contre vous que de vous empêcher de commettre une action improuvée par votre famille ?

ERNEST.

Ainsi, vous ne désavouez pas la nouvelle que l'on m'a donnée ! Avez-vous pensé que je me laisserais impunément ravir une femme pour la possession de laquelle je lutte avec tant de persévérance contre l'amour que vous m'inspirez ?

LA BARONNE.

Si j'en crois son protecteur, vous aviez consenti à vous séparer d'elle. Alors, que vous importe l'asile qu'on lui choisira ?

ERNEST.

Cette réponse m'éclaire sur la funeste vérité que je redoutais. Qu'on vienne la chercher, cette épouse que j'adore ; on verra si je sais la défendre !

LA BARONNE.

Qu'osez-vous dire ?

LE LAQUAIS *qui a porté la note entre et dit :*

Madame de Loweinsten est dans le cabinet de madame la baronne. (*Il sort.*)

LA BARONNE.

J'y vais. Ne vous éloignez pas, Ernest, j'ai besoin de vous parler encore. (*Elle sort.*)

SCÈNE IX.

ERNEST, *puis* PHILIPPE.

ERNEST.

Allez conspirer ma ruine ; je vous en fournirai les moyens, car j'opposerai la force à la force, contre les audacieux qui oseront porter la main sur Amélie.

PHILIPPE, *entrant avec inquiétude.*

Monsieur !

ERNEST.

Eh bien !

PHILIPPE.

Monsieur Édouard vous cherche.

ERNEST.

Edouard !... ô fortune !... que me veut-il ?

PHILIPPE.

Il paraît fort impatient et désire vous parler en particulier.

ERNEST.

Je suis seul ; qu'il entre.

PHILIPPE.

Le voici.

SCÈNE X.

ERNEST, ÉDOUARD, PHILIPPE, *dans le fond.*

(*Cette scène doit se jouer à mi-voix.*)

ÉDOUARD.

Ma mère est ici occupée d'un projet que je désavoue. Je n'ai que le temps de vous dire un mot.

ERNEST.

Je vous écoute.

ÉDOUARD.

Ernest, vous avez offensé ma famille.

ERNEST.

Bien malgré moi ; mais, n'importe : j'en conviens.

ÉDOUARD.

Cette insulte demande une réparation éclatante.

ERNEST.

Je vous comprends. Deux hommes d'honneur s'entendnte fa-
cilement... Quelle arme choisissez-vous. ?

ÉDOUARD.

L'épée.

ERNEST.

Le lieu du rendez-vous?

ÉDOUARD.

A quatre pas d'ici, sous les murs de votre jardin.

ERNEST.

Bien... L'heure

ÉDOUARD.

Pas plus de temps qu'il n'en faut pour se préparer à un
combat qui cependant exige le secret.

ERNEST.

Dans un quart d'heure vous m'y trouverez.

ÉDOUARD.

J'y compte.   (*Fausse sortie.*)

ERNEST , *le rappelant.*

Un moment.

ÉDOUARD.

Que vous faut il de plus ?

ERNEST.

Votre parole d'honneur que l'on n'attentera point à la liberté
d'Amélie pendant notre combat.

ÉDOUARD.

Je vous la donne. J'ai vu Adolphe : sans rien lui faire pres-
sentir de notre différend, je l'ai chargé d'une lettre pressante
pour le ministre. Son Excellence, à ma sollicitation, suoscrira,
je l'espère, a la demande de ma mère.

ERNEST , *lui prenant la main.*

Il suffit, dans un quart d'heure... sous les murs du jardin...
vous serez satisfait.

ÉDOUARD , *lui prenant la main.*

Du secret surtout. Si l'un de nous deux succombe, il faut
qu'on ignore la main qui l'aura frappé. (*il sort.*)

SCÈNE XI.

ERNEST , PHILIPPE.

ERNEST.

Philippe , vous avez entendu Édouard ?

PHILIPPE.

Hélas ! mon cher maître, j'en suis encore tout consterné.

ERNEST.

Preuez mon épée... allez m'attendre... de la discrétion ou je vous chasse.

PHILIPPE.

Je n'ai garde de m'y oppposer.

SCÈNE XII.

ERNEST, puis LA BARONNE. *Elle entre sans qu'Ernest s'en apperçoive, elle ontend ce qu'il dit.*

ERNEST.

Chère Amélie je vois combattre pour toi ! —

SA BARONNE

Qu'ai-je entendu ? de qnel combat parlez vous?

ERNEST.

Que vous importe ma mère !... ne suis-je pas devenu l'objet de votre aversion !

LA BARONNE.

De mon aversiou !... fils ingrat !... vous osez m'addresser ce reproche !... Mais je veux connaître le morif dn transport dont je viens d'être témoin. Si mes pressentimens ne me trompent, c'est Édonard qui vous a provoqué, sans doute ?

ERNEST

S'il avait eu cette témérité, souffririez vous qne votre fils rəculat devant l'épée d'un si noble adversaire ?

LA BARONNE.

Ah ! grand Dieu !

ERNEST.

Si Édouard se croit offensé dans la personne de sa sœur, qui en est la cause ? Si je suis obligé de me mesurer avec lui, qui me met les armes à la main ? Est-ce moi qui ai sollicité d'entrer dans sa famille ? Est-ce de mon aveu qu'on a enchaîné ma liberté ? Vous le savez, je ne voulais qu'Amélie. Au lieu de rechercher une alliance ambitieuse, il fallait en approuver une que réclamait mon amour ; un mot eût prévenu toutes ces dissentions ; mais, ce mot eût fait mon bonheur, et vous ne l'avez pas prononcé.

LA BARONNE, *à elle-même.*

O réflexion tardive !... jour affreux de l'expérience, quelle sinistre clarté tu répands sur mon avenir !

ERNEST, *appuyant sur chaque parole.*

Adieu, ma mère. Je vous laisse Amélie ; je la mets sous votre protection. Songez que mon existence dépend de la sienne. Si, contre la volonté d'Édouard, on voulait profiter de mon absence pour exercer sur elle un acte tyrannique, protégez-la, couvrez-la de votre égide maternelle ; car, si j'échappe au fer de mon adversaire, et qu'à mon retour je ne la trouve pas dans le sein de sa famille, vous verrez des malheurs bien plus réels que ceux qui vous ont affligés jusqu'à présent.

LA BARONNE.

Non, tu ne me quitteras pas ainsi.... Ernest, mon fils, la voix de ta mère ne trouve-t-elle plus d'accès dans ton cœur ?

ERNEST.

Qu'elle reprenne les sentimens d'une mère ; qu'elle redevienne ce qu'elle fut si long-temps pour Amélie et pour moi, qu'elle pardonne à l'erreur, au repentir, elle verra si elle a cessé d'être chérie, respectée, adorée, et s'il est un sacrifice qui me coûte pour la payer de sa tendresse. Mais, l'heure avance, je ne peux retarder davantage. Adieu.

LA BARONNE *éperdue.*

Mon fils !... Ernest !... Veux-tu me faire expirer de douleur.... Mais Amélie s'avance.... c'est le ciel qui me l'envoie !...

SCÈNE XIII.

LA BARONNE, AMÉLIE, BLANCHE, ERNEST.

AMÉLIE *entre et voit Ernest qui sort.*

Ernest, où allez-vous ? est-ce moi que vous fuyez ?

ERNEST.

Laissez-moi. (*Il veut sortir, mais arrêté par Amélie et la Baronne, il les presse avec beaucoup d'attendrissement sur son cœur, en s'écriant :*) Amélie !... ma mère !... (*Il s'échappe.*)

SCÈNE XIV.

LES MÊMES, excepté ERNEST.

LA BARONNE.

Courez, courez, Amélie, sur les traces de cet insensé.... Sauvez sa mère du désespoir de le perdre.... Sauvez l'époux que vous pouvez encore obtenir !....

AMÉLIE.

Mon époux !

BLANCHE.

Qu'est-il donc arrivé, madame, et d'où vient cet effroi !

LA BARONNE, *en désignant la sortie d'Ernest.*

Édouard... mon fils... là... là... ils vont se percer le sein !...

AMÉLIE.

Grand Dieu !... et c'est moi qui suis cause.... Ah ! madame, dans un instant, je le ramène à vos pieds, ou j'expire au milieu d'eux !... (*Elle sort précipitamment avec Blanche.*)

SCÈNE XV.

LA BARONNE, *seule.*

Malheureuse mère ! tu n'avais qu'un fils, ton espoir et ton orgueil !... et c'est toi qui, peut-être, a creusé son tombeau.... Ma tête se perd... mon esprit s'égare... ces funestes débats me donneront la mort !... (*Elle tombe dans un fauteuil.*)

SCÈNE XVI.

LA BARONNE, GRANDSON, Suivantes.

(*A la vue de leur maîtresse, qui tombe dans le fauteuil, les suivantes s'empressent autour d'elle. Grandson entre pendant ce mouvement.*)

GRANDSON.

Me voilà, madame. Vous le voyez, je suis de parole. Suivrez-vous enfin le conseil de la raison, et me rendrez-vous.... Que vois-je ? Vous qui nous plongez tous dans la douleur, vous pleurez....

LA BARONNE.

Ah ! monsieur !...

GRANDSON.

Parlez. Je suis bien en colère, je l'avoue.... mais vos larmes me fléchissent, et, malgré vos torts, je suis encore prêt à vous servir.....

LA BARONNE.

Édouard !... mon fils !... quelle puissance les garantira des coups qu'ils cherchent à se porter !...

GRANDSON.

Un duel entr'eux !

LA BARONNE, *avec les angoisses de la terreur.*

Écoutez... j'entends du bruit, je crois... Oui, on s'approche.

GRANDSON, *prêtant l'oreille.*

En effet : des voix confuses... on se porte en foule vers ces lieux.

LA BARONNE.

Mon sort est donc fixé !...

GRANDSON.

Les voici.

SCÈNE XVII.

LA BARONNE, GRANDSON, ÉDOUARD, AMÉLIE,
BLANCHE, ERNEST, PHILIPPE, VALETS, SUIVANTES.
(*Cette entrée se fait assez tumultueusement. Les gens de la
maison s'introduisent par les deux portes attenantes à celle
du milieu, et les autres personnages par celle du milieu.*)
(*Edouard et Ernest ont encore les armes à la main ; Amélie
s'oppose aux mouvemens d'Édouard ; Blanche à ceux d'Ernest.*)

GRANDSON.

Ah ! quel tumulte ! (*Il va se ranger auprès de la baronne.*)

AMÉLIE, *cherchant à appaiser Edouard.*

Non, monsieur, non, vous n'aurez pas la cruauté d'enfoncer
ce fer dans le sein de votre ami !

LA BARONNE, *se levant du fauteuil.*

Édouard, c'est devant moi... sous les yeux de sa mère, que
vous menacez mon fils !

ÉDOUARD, *étonné de la voir.*

Madame de Voldemar ! !...

AMÉLIE, *avec force.*

Imprudens !... lorsqu'un faux point d'honneur vous égare,
souffrez enfin que la raison vous éclaire !... (*à Edouard.*) Et
vous, monsieur, avant de vous rendre si coupable, avez-vous
consulté l'inclination de votre sœur ! savez-vous si elle n'est
point contrariée par cet hymen !... Vous voulez venger son
affront !... qu'avez-vous fait pour son bonheur ?...

ÉDOUARD.

Madame ! !...

AMÉLIE.

Il n'est plus possible de taire la vérité. Apprenez que votre
sœur n'aime point Ernest ; et que, victime obéissante, elle se
sacrifiait à la volonté de ses parens.

ÉDOUARD.

Qui vous l'a dit ?

ERNEST.

Elle-même.

AMÉLIE.

Allez maintenant vous baigner dans le sang de votre ami,
assassinez l'unique héritier des Woldemar, pour satisfaire un
vain préjugé. (*Avec intention.*) Quant à moi, si je vous ai
fait cette révélation, ne croyez pas que mon intérêt me l'ai
inspiré. Ma résolution est connue : la société ne sera plus témoin de mes larmes ; Dieu seul entendra mes soupirs.... J'ai

renoncé au monde, à mes amis, à mes parens ; la seule grâce
que j'implore de ma tante, c'est de croire que, malgré ses ri-
gueurs, je n'ai jamais cessé de la chérir et de la respecter
comme la plus tendre des mères. (*Elle tombe aux pieds de la
baronne.*)

GRANDSON, *très-rapidement, et à mi-voix.*

O Ernest ! qu'avez-vous fait?

ERNEST, *de même.*

(*A Grandson.*) Mon devoir. (*à Édouard.*) L'honneur est
satisfait, que l'amitié le soit également. (*Ils se donnent la
main*).

ÉDOUARD, *regardant Amélie, et s'adressant à Ernest.*

Et cette généreuse victime, la laisserons-nous immoler?....
(*A la baronne.*) Ah! madame, voyez à vos pieds mon sau-
veur et peut-être celui de votre fils.

ERNEST.

Et bénissez enfin l'objet d'un amour que je ne peux comparer
qu'à ma tendresse pour vous.

BLANCHE.

Pourquoi repousser des cœurs qui ne demandent qu'à vous
chérir?

GRANDSON.

Cédez, cédez, madame ; les jouissances de la vanité sont
passagères ; mais l'amour de nos enfans a des charmes impé-
rissables.

ERNEST.

O ma mère !

LA BARONNE.

Ah ! je le sens à mon cœur plus encore qu'à vos discours,
la haine fait trop de mal. Plus de soupirs, plus de larmes.
Amélie, reprends ta place dans mes affections, et confondons
tous nos sentimens dans le bonheur de mon fils !...
(*Amélie tombe aux genoux de la baronne, qui la relève,
la reçoit dans ses bras et l'embrasse, ainsi que son fils.
Chaque personne témoigne sa joie. Tableau général.*)

FIN.

Pour se conformer au goût bien connu de la majorité des amateurs qui veulent se retirer satisfaits après la représentation d'un mélodrame, l'auteur a imaginé le dénouement qu'on vient de voir. Celui qu'on va lire lui paraît plus dramatique, plus conforme aux mœurs du théâtre, et surtout plus moral en ce qu'il donne une leçon terrible à ces êtres orgueilleux qui considèrent la naissance et les dignités comme le souverain bien.

Sous ce rapport, ce dernier dénouement lui paraît bien préférable à l'autre. Les directeurs des départemens qui voudront monter son ouvrage auront le choix entre les deux, et pourront offrir à leur public celui qu'ils croiront lui convenir le mieux.

SCÈNE XII.

Après ces mots de la BARONNE :

Édouard !... mon fils !... là, là ! ils vont se percer le sein.

AMÉLIE et BLANCHE.

Grand Dieu !

ANÉLIE, *continuant.*

Moi, la cause d'un meurtre ! moi, l'assin d'Ernest !!!... Ce dernier coup manquait à ma misère !... Ah ! que vous devez me haïr ! (*Elle tombe sur un fauteuil.*)

SCÈNE XIV.

AMÉLIE, *sur un fauteuil, entourées de* BLANCHE *et des suivantes, et faisant peu d'attention à ce qui se passe.* GRANDSON, *au milieu de la scène.* LA BARONNE, *sur le côté, isolée et comme anéantie.*

GRANDSON, *en entrant.*

Me voilà, madame ; vous le voyez, je suis de parole. Ma voiture est là : mes gens attendent mes ordres ; les vôtres paraissent peu disposés à vous obéir, si vous me refusez Amélie. Suivrez-vous enfin le conseil de la raison.

LA BARONNE, *à elle-même.*

Que je souffre.

GRANDSON, *allant à Amélie sans attendre la réponse de la Baronne.*

Viens, ma chère enfans, recueille tes forces, et retournons au plutôt dans ces c imats paisibles où tes bienfaits ont laissé de si profonds souvenirs.

SCÈNE XV.

LES PRÉCÉDENS, GUILLAUME.

GUILLAUME.

Madame, un agent de l'autorité, porteur d'un ordre minis-
tériel, demande qu'on l'introduise dans cette enceinte.

GRANDSON.

Un agent de l'autorité?

(*Étonnement général. Tous les yeux sont fixés sur la baronne.*)

LA BARONNE, *à elle-même.*

Dieu! c'est l'effet de la mesure que j'ai sollicitée.

GRANDSON, *avec force.*

Madame, est-ce Amélie que cet ordre concerne?

LA BARONNE, *sans lui répondre.*

Ah! que le mal se fait rapidement!

AMÉLIE.

Mon sort va donc enfin s'accomplir!

GRANDSON.

Et je souffrirai cet excès d'indignité, moi!

AMÉLIE.

Mon cher oncle, ô vous qui fûtes pour moi plus qu'un père,
gardez-vous de vous compromettre par une résistance inutile.
Je n'aurais pas long-tems à souffrir de leur injustice.

BLANCHE, *tout en larmes.*

O ma cousine!

AMÉLIE.

Retiens tes pleurs, ma chère amie; tu le sais, je voulais me
dérober au monde: le ciel exauce mes vœux... (*A la baronne.*)
Hâtez-vous, madame de faire exécuter cet ordre? (*Elle fait
un mouvement pour se lever; Grandson et Blanche la retien-
nent.*) Laissez-moi consommer le sacrifice, avant qu'Ernest
soit revenu... car j'aurais trop de mal à supporter son désespoir! (*Elle se lève toujours soutenue par les suivans. En pas-
sant devant la baronne comme pour sortir; elle fait un effort
pour se soutenir toute seule; elle la contemple un moment. La
baronne détourne la vue; Amélie tombe à ses pieds en pleu-
rant. Blanche et tous les personnages imitent ce mouvement.*)

Je n'ose plus vous demander votre bénédiction; dites-moi
seulement que vous avez cessé de me haïr; c'est la seule grâce
que j'implore.

LA BARONNE, *vivement émue.*

Je n'y résiste plus!... qu'on me rende mon fils et je pardonne tout.

(*Elle ouvre ses bras à Amélie, qui s'y précipite. — Bruit dans*

le fond. Amélie est encore dans les bras de la baronne , lors-
que les acteurs en scène font un mouvement de sortie , comme
pour aller chercher Ernest : tout-à-coup la porte du fond
s'ouvre avec fracas, et les personnages qui voulaient sortir
reviennent en scène ; les autres se présenteut par les portes
du fond.)

GRANDSON.

Quel est ce bruit.

SCÈNE XVI.

TOUS LES PERSONNAGES.

(*Moment de l'entrée générale. Philippe paraît le premier ; on*
forme rapidement une haie de chaque côté de la scène. On
apporte Ernest sur un brancard.)

LA BARONNE.

Que vois-je ? .... Ah ! je ne peux plus douter de mon
malheur !

ADOLPHE , *placé à la tête du brancard, et découvrant Ernest ,*
dont la poitrine est couverte par un large bandeau , à la
baronne.)

J'ai fait d'inutiles efforts pour parer à tant de maux !....
contemplez votre victime !

AMÉLIE , *considérant Ernest avec un délire calme et concentré.*

Ernest !.... oh ! c'est bien lui ! cher Ernest, reçois l'ame de
tou épouse !!!

(*Elle tombe anéantie sur le brancard.*)

ERNEST , *expirant.*

J'ai cru entendre la voix d'Amélie.... (*Se soulevant.*) Ma
mère n'a pas permis que je vécusse pour elle; que le même
tombeau nous rassemble !   (*Il retombe.*)

LA BARONNE.

Il expire ! et je suis condamnée à lui survivre !

GRANDSON.

Pour expier dans les larmes la mort de ces infortunes, et
votre impitoyable orgueil !

(*On forme un tableau de douleur autour des deux amans*
expirés. La baronne est soutenue par ses femmes. Le rideau
tombe.)